Le Laboratoire aux serpents

Les désastreuses aventures des orphelins Baudelaire

Le Laboratoire aux serpents

de **Lemony SNICKET**
Illustrations de **Brett HELQUIST**
Traduction de **Rose-Marie VASSALLO**

NATHAN

Pour Béatrice – disparue.
Ma tendresse pour toi
reste à jamais vive.

Chapitre I

La route de Port-Brumaille à Morfonds est sans doute la plus lugubre au monde. Passé les derniers entrepôts, elle prend le nom de « route des Pouillasses » et longe interminablement des prés couleur de chou trop cuit, semés de pommiers rachitiques aux fruits si aigres que leur vue suffit à donner la colique. Puis elle franchit la Panade, aux trois quarts emplie de vase noire et peuplée de poissons peu engageants, enfin elle décrit une boucle serrée autour d'une usine de moutarde forte, grâce à laquelle tout le secteur respire un air vivifiant.

Il m'en coûte de le dire, mais le présent épisode débute, pour les orphelins Baudelaire, sur cette section de route exécrable, dans la grande banlieue de leur ville natale, et les choses vont aller de mal en pis.

De tous les êtres au monde accablés par le destin (et vous savez qu'il n'en manque point), les enfants Baudelaire remportent la palme. Leur série de misères a commencé par un épouvantable incendie dans lequel ils ont perdu – tout à la fois – leurs deux parents et le toit qui les avait vus naître. Pareille tragédie suffirait à assombrir une vie entière, mais pour les enfants Baudelaire elle n'a été qu'un début. Après le drame, les trois orphelins ont été confiés à un parent éloigné, un certain comte Olaf, hélas aussi cruel que cupide. Et comme les parents Baudelaire ont laissé une immense fortune, qui doit revenir aux enfants dès que Violette sera majeure, l'odieux comte Olaf n'a qu'une idée : mettre la main sur ce magot.

Le plan que le comte avait mijoté lors du précédent épisode – une diablerie, il n'y a pas d'autre mot – vient d'être déjoué de justesse, mais le misérable s'est éclipsé en jurant de se venger ! Les enfants Baudelaire, en tout cas, ne risquent pas d'oublier ses petits yeux luisants sous de gros sourcils soudés, et moins encore l'œil hideux tatoué sur sa cheville. Cet œil, ils croient le voir partout...

Bref, une fois encore, je dois vous mettre en garde : si vous avez ouvert ce livre dans l'espoir de voir nos héros vivre heureux, refermez-le séance tenante. Car Violette, Klaus et Prunille ont beau ne se douter de rien, en regardant défiler la sinistre route des Pouillasses, entassés à l'arrière d'une voiture minuscule, ils sont bien partis pour de nouvelles calamités, plus rudes encore que les premières. Les eaux vaseuses de la Panade et l'usine de moutarde forte seraient presque riantes, en fait, comparées à ce qui va suivre. D'y penser, j'en ai le cœur serré.

Au volant de la petite voiture, il y avait Mr Poe, un banquier ami de la famille, presque toujours en train de tousser. Chargé des affaires familiales, c'est lui qui avait décidé, après les manigances d'Olaf, de confier les enfants aux mains d'un autre parent éloigné, vivant cette fois à la campagne.

— Pas trop à l'étroit, là-derrière ? s'enquit Mr Poe en toussotant dans son mouchoir blanc. Oui, je sais, ma nouvelle voiture n'est pas très spacieuse, désolé. En tout cas, pour vos valises, ne vous faites aucun souci. D'ici une huitaine de jours, je viendrai vous les apporter.

— Merci, dit Violette, l'aînée, très mûre pour ses quatorze ans.

Quiconque connaissait Violette aurait vu qu'en réalité elle n'écoutait qu'à moitié. Elle avait noué ses longs cheveux d'un ruban pour les tenir à l'écart de ses yeux, et c'était le signe qu'elle réfléchissait intensément. Inventrice dans l'âme, Violette aimait avoir le front dégagé lorsqu'elle agençait dans sa tête des poulies et des roues dentées.

— Vous qui avez toujours vécu en ville, reprit Mr Poe, vous allez aimer la campagne, j'en suis sûr. Vous verrez, ça va vous changer. Ah ! le dernier croisement. Nous arrivons.

— Pas trop tôt, marmotta Klaus.

Il commençait à s'ennuyer ferme (qui ne s'est jamais ennuyé en voiture ?) et regrettait amèrement de n'avoir même pas de quoi lire. Klaus adorait les livres et, à douze ans, il en avait déjà dévoré plus que la plupart des gens n'en liront dans une vie entière. Parfois, il lisait tard dans la nuit, et au matin on le retrouvait endormi le nez sous son livre, les lunettes encore sur le nez.

— Je crois que le professeur Montgomery va vous plaire, enchaîna Mr Poe. C'est quelqu'un qui a énormément voyagé, avec des tas d'histoires à raconter. Si j'ai bien compris, sa maison fourmille de souvenirs des lieux qu'il a visités.

— Bax ! commenta Prunille de sa petite voix aiguë.

La benjamine du trio Baudelaire s'exprimait souvent par cris brefs, comme le font les tout-petits. Lancer des syllabes saugrenues était même l'une de ses activités favorites – presque autant que de planter ses quatre petites dents acérées dans tout et n'importe quoi. On avait parfois du mal à démêler ce qu'elle cherchait à dire. Pour l'heure, c'était sans doute quelque chose comme : « J'ai le cœur qui bat un peu la chamade à l'idée de rencontrer un autre parent éloigné. »

C'était vrai aussi de ses aînés.

— De quelle manière au juste ce professeur Montgomery nous est-il apparenté ? demanda Klaus.

— Le professeur Montgomery est... voyons voir... C'est le frère de la femme d'un cousin de votre défunt père. Je crois que c'est ça. C'est un scientifique, un chercheur. Il reçoit des subventions – pas mal d'argent que je sache – pour ses recherches.

En bon banquier, Mr Poe s'animait toujours dès qu'il était question de gros sous.

— Et comment devrons-nous l'appeler ?

— Vous lui direz « Professeur », recommanda Mr Poe. Sauf bien sûr s'il vous demande de l'appeler Montgomery. Son prénom est Montgomery, et son nom de famille aussi. Il n'y aura donc aucun risque d'excès de familiarité.

Klaus ne put retenir un sourire.

— Il s'appelle Montgomery Montgomery ?

— Oui, et comme rien ne dit que ça lui plaise, je vous conseille vivement de ne pas en faire des gorges chaudes. « Faire des gorges chaudes » d'une chose, ajouta Mr Poe, toussant dans son mouchoir, c'est en rire.

— On le sait, ce que veut dire « faire des gorges chaudes », répondit Klaus avec un soupir.

Il se retint d'ajouter qu'il savait aussi qu'on ne rit pas du nom des gens. Ce n'est pas parce qu'on est orphelin qu'on a tout le temps besoin de leçons.

Violette soupira de son côté et dénoua le ruban qui retenait ses cheveux. Ce repousse-odeurde-moutarde, elle y réfléchirait une autre fois. Pas moyen de se concentrer ; elle était bien trop tendue à l'idée de rencontrer ce nouveau tuteur.

Une question lui traversa l'esprit.

— S'il vous plaît, quel genre de recherches fait le professeur Montgomery ? Vous le savez ?

— À vrai dire, non, avoua Mr Poe. Les démarches et les paperasseries ont accaparé tout mon temps. Je n'ai pas trouvé un instant pour bavarder avec lui. Ah ! c'est ici que nous tournons. Nous y voilà.

Mr Poe engagea la voiture dans une allée gravillonnée qui grimpait raide vers une énorme bâtisse de pierre. Une large porte de bois sombre s'ouvrait dans la façade ornée de colonnades. De part et d'autre de l'entrée, des lampes imitant des torches brillaient vaillamment malgré le plein jour. Sur toute la façade et sur trois niveaux s'alignaient des fenêtres carrées, ouvertes à la brise matinale. À droite de la bâtisse, sur son flanc ouest, se dressait une immense serre attenante.

Si la maison elle-même semblait des plus classiques, le jardin en revanche avait de quoi surprendre. Imaginez une immense pelouse bien tondue mais bordée, tout au long de l'allée, de haies d'arbustes variés, aux silhouettes des plus fantasques. En effet, chacune de ces haies – et les enfants le virent mieux dès que la voiture s'arrêta – était méticuleusement taillée en forme de gros serpent ! Il n'y en avait pas deux sembla-bles, et chacune représentait un type de serpent : à queue longue, à queue courte, dressé, rampant, ondulant, dardant une immense langue four-chue ou encore ouvrant les mâchoires sur de terribles crochets verts... L'effet était plutôt inquiétant, et ni Violette, ni Klaus, ni Prunille ne tenaient particulièrement à passer entre ces reptiles pour gagner le perron de la maison.

Mr Poe, qui ouvrait la marche, semblait n'avoir rien remarqué. Sans doute était-il trop occupé à faire ses dernières recommandations.

— Bien, et maintenant, Klaus, écoute-moi. Pas trop de questions à la fois, s'il te plaît. Violette, où est passé le ruban qui retenait tes cheveux ? Tu avais l'air bien convenable avec ce joli ruban. Oh ! et tous deux, par pitié, veillez à ce que Prunille n'aille pas mordre le profes-seur Montgomery ! Ça ferait mauvais effet, pour un premier contact.

Gagnant le seuil d'un bond, Mr Poe tira la

sonnette – la plus bruyante de toutes les sonnettes qu'aient jamais entendues les enfants. Après un temps mort, des pas s'approchèrent. Les orphelins échangèrent un regard d'appréhension. Ce professeur Montgomery allait-il être gentil ? Ou, en tout cas, moins odieux que l'abominable comte Olaf ? Était-il humainement possible d'être pire que le comte Olaf ?

La porte s'entrebâilla et les enfants retinrent leur souffle, les yeux braqués sur l'entrée sombre. Ils virent d'abord un tapis grenat sur le dallage. Ils virent un abat-jour aux couleurs de vitrail qui pendait au plafond. Ils virent une toile au mur, deux serpents enlacés dans un cadre ouvragé. Ils virent... mais où donc était le professeur ?

— Ohé ? appela Mr Poe. Il y a quelqu'un ?

— Bonjour tout le monde ! répondit une grosse voix.

Et, de derrière la porte, jaillit un petit homme court sur pattes, à la tête ronde et rouge comme une pomme.

— Bienvenue, les enfants ! Je suis votre oncle Monty, et vous tombez à pic : je finis à l'instant de décorer mon gâteau à la noix de coco !

Chapitre II

P runille n'aime pas la noix de coco ? s'inquiéta l'oncle Monty. Ils étaient tous les cinq assis autour d'une table nappée de vert, Mr Poe et l'oncle Monty et les trois enfants Baudelaire, chacun devant une grosse tranche de gâteau. La cuisine et le gâteau étaient encore tièdes et odorants. Le gâteau se révélait un chef-d'œuvre, riche, crémeux, avec juste ce qu'il fallait de noix de coco. Violette, Klaus et l'oncle Monty lui faisaient honneur sans retenue ; Prunille et Mr Poe avaient à peine touché à leur part.

— Pour tout vous dire, avoua Violette, Prunille n'aime pas trop ce qui est moelleux. Elle préfère de loin ce qui croque et résiste sous la dent.

— Inattendu chez un jeune enfant, commenta l'oncle Monty. Mais assez fréquent, je dois dire, chez les reptiles. Prenez le mâcheroc de Barbarie, par exemple. Voilà un serpent qui exige d'avoir en permanence quelque chose de ferme entre les mâchoires, faute de quoi il se dévore lui-même. Très difficile à maintenir en captivité. Peut-être Prunille préférerait-elle une carotte crue ? Est-ce assez croquant pour elle ?

— Une carotte ? Ce sera parfait, professeur Montgomery, répondit Klaus.

Le nouveau tuteur des enfants se dirigea vers le frigo, mais à mi-chemin il se retourna.

— Oh ! soyez gentils, s'il vous plaît : pas de « professeur Montgomery », c'est bien trop cérémonieux. Même mes confrères herpétologues ne m'appellent pas professeur !

— Herpétoquoi ? demanda Violette.

— Ils vous appellent comment ? demanda Klaus en même temps.

— Les enfants, les enfants ! rappela Mr Poe, sévère. Un peu moins de questions, s'il vous plaît.

Mais l'oncle Monty sourit.

— Laissez, laissez, il n'y a pas de mal. Au contraire. Les questions sont la marque d'un esprit curieux. D'ailleurs, comme le disait Pestalozzi, l'éminent pédagogue – un « pédagogue », c'est quelqu'un qui...

— C'est quelqu'un qui sait comment éduquer les enfants, coupa Klaus, toujours un peu vexé de s'entendre expliquer un mot qu'il connaissait.

— Puisque tu es si instruit, déclara l'oncle Monty en tendant une grosse carotte à Prunille, tu peux sans doute nous expliquer ce qu'est un herpétologue ?

Klaus plissa le front.

— C'est quelqu'un qui étudie quelque chose. Chaque fois qu'un mot se termine en « ologie », c'est l'étude de quelque chose. Mais je ne sais pas ce que veut dire le début du mot.

— Essaie de deviner, dit l'oncle Monty. Ça vient du grec *herpéton*, qui signifie « animal rampant ». Alors ?

— Quelqu'un qui étudie les serpents ?

— À la bonne heure ! Les serpents, eh oui ! Les reptiles. Voilà ce que j'étudie. J'adore les reptiles. Tous les reptiles, de toutes les espèces. Et leurs cousins les batraciens. Je parcours le monde à la recherche d'espèces rares, je les observe dans leur milieu puis je les étudie ici, en Laboratoire. Passionnant, non ?

— Passionnant, reconnut Violette. Tout à fait. Mais... ce n'est pas un peu dangereux ?

— Quoi, les serpents, dangereux ? Pas du tout. Il suffit de les connaître... Mr Poe, une carotte aussi ? Vous avez à peine touché à votre gâteau.

Mr Poe devint très rouge et toussota dans son mouchoir.

— Non merci, professeur Montgomery.

L'oncle Monty adressa un clin d'œil aux enfants.

— Vous pouvez m'appeler « Oncle Monty » vous aussi, vous savez, Mr Poe.

— Euh, merci, Oncle Monty, dit Mr Poe, un peu raide. Mais j'ai moi–même une question à poser, si vous le voulez bien. Vous venez de nous dire que vous parcourez le monde à la recherche de spécimens. Euh, quand vous serez au loin, se trouvera-t-il quelqu'un ici pour veiller sur ces enfants ?

— Oh ! nous sommes bien assez grands pour veiller sur nous tout seuls, s'empressa d'affirmer Violette.

En son for intérieur, elle en était moins sûre. La spécialité de l'oncle Monty semblait passionnante, assurément ; mais vivre sous le même toit qu'un bataillon de serpents avait nettement moins d'attrait, surtout en l'absence de leur maître.

— Tout seuls ? Il n'en est pas question ! se récria l'oncle Monty. Vous viendrez avec moi, cela va de soi. Tenez, d'ici une dizaine de jours, nous partons pour le Pérou. Je vous veux tous les trois avec moi dans la jungle.

— Vrai ? dit Klaus, les yeux brillants derrière ses lunettes. Vous nous emmenez au Pérou ?

— Bien sûr, et votre aide me sera précieuse, assura l'oncle Monty. (Tout en parlant, avec sa fourchette à dessert, il prélevait un gros morceau de gâteau dans l'assiette de Prunille.) Mon assistant, Gustav, m'a quitté pas plus tard qu'hier, sans préavis, sans rien, juste un petit mot pour m'annoncer sa démission. J'ai trouvé un remplaçant, Stephano, recruté en catastrophe, mais Stephano n'arrivera pas avant une huitaine de jours. Résultat : j'ai déjà du retard pour préparer cette expédition. Il me faut pourtant quelqu'un pour vérifier que les pièges fonctionnent – qu'ils n'aillent pas blesser nos spécimens, surtout ! Il me faut aussi quelqu'un pour lire les cartes, les topoguides, et nous éviter de nous perdre dans la jungle. Enfin, il me faut quelqu'un pour débiter en petits morceaux des kilomètres de ficelle.

— La mécanique, c'est mon rayon, annonça Violette en léchant sa fourchette. D'accord pour m'occuper de ces pièges.

— Moi, j'adore les cartes et les topoguides, dit Klaus en s'essuyant la bouche avec sa serviette. Je lirai tout, tout, tout sur la jungle du Pérou.

— Yodjip ! lança Prunille en brandissant sa carotte.

Ce qui signifiait sans doute : « Et moi, je me ferai une joie de ronger des kilomètres de ficelle. »

— À la bonne heure ! s'écria l'oncle Monty. Votre enthousiasme fait plaisir à voir. Avec vous trois, je le sens, ça va être moins dur de se passer de Gustav. Cette défection brutale, c'est vraiment un coup du sort.

À cette pensée, il s'assombrit un instant. Puis il hocha la tête et sourit.

— Basta ! c'est la vie. Si nous passions à l'action ? Comme je dis toujours, l'important, c'est la suite de l'histoire. Raccompagnez Mr Poe à sa voiture, les enfants, voulez-vous ? Ensuite, je vous montrerai le Laboratoire aux serpents.

Les enfants Baudelaire, si méfiants une heure

plus tôt à l'égard des haies serpents, passèrent entre elles d'un pas guilleret pour raccompagner Mr Poe.

— Bon, les enfants, dit celui-ci, toussotant dans son mouchoir blanc. Je reviendrai dans une huitaine de jours, pour apporter vos bagages et m'assurer que vous vous acclimatez. Maintenant, écoutez bien. Je vous accorde que le professeur Montgomery a de quoi intimider un peu, au début, mais je suis sûr qu'avec le temps...

— Il ne nous intimide pas du tout, assura Klaus. Il a l'air très facile à vivre.

— Il me tarde de voir ce Laboratoire aux serpents, ajouta Violette.

— Miouka ! conclut Prunille.

Ce qui signifiait problablement : « Au revoir, Mr Poe. Merci de nous avoir amenés ici. »

— Eh bien, au revoir les enfants. Et n'oubliez pas : la ville n'est pas loin. En cas de nécessité, vous pouvez toujours m'appeler au Comptoir d'escompte Pal-Adsu. Si je suis absent, laissez un message. Soyez sages et à bientôt !

Et, sur un geste d'adieu un peu gauche, Mr Poe reprit le volant de sa petite voiture et redescendit l'allée gravillonnée en direction de la route des Pouillasses. Violette, Klaus et Prunille lui firent au revoir de la main, en espérant qu'il allait songer à remonter sa vitre à temps pour éviter l'asphyxie aux abords de l'usine de moutarde.

— Bambini ! appela l'oncle Monty depuis la maison. Ohé, bambini !

Les enfants remontèrent l'allée en courant, entre les haies serpents.

— *Violette*, Oncle Monty ! rectifia Violette. Je m'appelle Violette. Et mon frère, c'est Klaus, et notre petite sœur, Prunille. Aucun de nous ne s'appelle Bambini.

— Bambini, c'est le mot italien pour dire « les enfants », expliqua l'oncle Monty. J'ai été pris d'une soudaine envie de parler italien. Je suis tellement heureux de vous avoir ici, vous trois ! Pour un peu, je crois que je parlerais volapük.

— Vous n'avez jamais eu d'enfants ? hasarda Violette.

— Hélas non ! Pour tout t'avouer, bien des fois j'ai songé qu'il était temps de prendre femme et de fonder une famille ; et puis, chaque fois, l'idée m'est sortie de la tête. Prêts pour une visite du Laboratoire aux serpents ?

— Oh oui ! dit Klaus. S'il vous plaît.

Ils suivirent l'oncle Monty à travers l'entrée aux murs ornés de portraits de reptiles, puis dans un vaste vestibule avec un escalier somptueux et un très, très haut plafond.

— Vous dormirez à l'étage, dit l'oncle en indiquant l'escalier. Chacun pourra choisir la chambre qui lui plaira, et déplacer le mobilier à sa guise. Si j'ai bien compris, Mr Poe apportera vos affaires plus tard, dans sa voiture microscopique. En attendant, je vais vous demander de dresser une petite liste de ce qui risque de vous manquer. Dès demain, nous irons en ville faire quelques emplettes, qu'au moins vous ne passiez pas toute la semaine dans les mêmes sous-vêtements.

— On va avoir chacun sa chambre ? s'émerveilla Violette. C'est vrai ?

— Évidemment. Tu ne crois tout de même pas que je vais vous parquer tous trois dans la même chambre, alors que j'ai cette grande maison pour moi seul ? Quel genre d'homme serais-je, dis-moi ?

— C'est ce qu'a fait le comte Olaf, rappela Klaus.

— Oh ! exact, Mr Poe m'en a touché un mot,

27

murmura l'oncle Monty avec une petite grimace, comme s'il venait de mordre dans du savon. Ce comte Olaf ne m'a pas l'air de quelqu'un de bien intéressant. Puisse-t-il un jour se retrouver face à pire que lui ! Nous y voilà. Le Laboratoire aux serpents.

Ils venaient d'arriver face à une grande porte, avec une grosse poignée si haut placée que, pour l'atteindre, l'oncle Monty dut se dresser sur la pointe des pieds. Le battant s'ouvrit en grinçant et les enfants retinrent leur souffle, saisis et fascinés.

Le Laboratoire aux serpents était une immense serre vitrée sur trois côtés, aux parois de verre aussi limpides que du cristal, coiffée d'une haute verrière qui faisait songer à une voûte de cathédrale. Au-dehors, les bois et les champs verdoyaient à perte de vue, si bien qu'on avait la délicieuse impression d'être à la fois dehors et dedans.

Pourtant, le plus frappant n'était pas la serre elle-même, mais bien ce qu'elle abritait : des dizaines et des dizaines de reptiles dans des cages de verre et de métal – quatre rangs de cages d'un bout à l'autre de l'espace, montées sur des tables de bois. En plus de serpents de toutes sortes, chacun dans son petit terrarium, on pouvait voir aussi des lézards et tout un assortiment de bestioles dont jamais les enfants n'avaient entendu parler. Il y avait là, par exemple, un gros crapaud joufflu muni d'ébauches d'ailes sur le dos, et un lézard à deux têtes, au ventre rayé jaune et noir. Il y avait un serpent à trois mâchoires superposées, un autre qui semblait n'avoir pas de mâchoire du tout. Il y avait un lézard qu'on aurait pris pour un hibou, avec ses yeux ronds au regard fixe, et un crapaud qu'on aurait juré en terre cuite, comme éclairé de l'intérieur au travers de deux billes de verre. Il y avait même une cage recouverte d'un drap blanc, qui ne laissait rien deviner de ce qu'elle renfermait.

Les enfants parcoururent les allées dans un silence médusé, observant intensément le contenu de chaque cage. Certaines de ces créatures semblaient plutôt sympathiques, d'autres faisaient franchement peur, mais toutes étaient fascinantes, et toutes furent dûment examinées. Klaus tenait Prunille sur sa hanche pour lui permettre de mieux voir.

Absorbés par les cages, les enfants ne remarquèrent l'aménagement du fond de la salle qu'après avoir lentement circulé le long de chaque rangée. Pourtant, là encore, ils eurent un petit choc de surprise ravie : juste après les terrariums s'alignaient des rayonnages croulants sous les livres, complétés d'un coin lecture dans un angle, avec tables et chaises et lampes orientables.

Faut-il le rappeler ? Chez leurs parents, les enfants Baudelaire avaient eu libre accès à une immense bibliothèque qu'ils n'étaient pas près d'oublier. Cruellement privés de livres depuis le terrible incendie, ils étaient toujours affamés de lecture, et enchantés de rencontrer des gens aussi insatiables qu'eux.

Ils inspectèrent les rayonnages avec autant d'attention que les cages, et ils eurent tôt fait de découvrir que la majorité des ouvrages traitaient de reptiles et de batraciens. Apparemment, toute la littérature publiée sur le sujet était assemblée là, depuis *Une intro-duction aux grands lézards* jusqu'à *J'éduque ma tortue léopard*, en passant par *Soins et alimenta-tion du cobra androgyne*. Les trois enfants, Klaus surtout, avaient hâte de se plonger dans ces livres afin de tout apprendre sur les hôtes de la serre.

— Quel endroit fascinant ! finit par murmurer Violette.

L'oncle Monty sourit.

— Merci, dit-il. Il m'a fallu toute une vie pour en faire ce qu'il est.

— Et... nous aurons le droit de venir ici ? hésita Klaus.

— Le droit ? s'écria l'oncle Monty. Le devoir, oui ! Vous serez instamment priés de venir ici, mon garçon. Dès demain matin, sitôt après le petit déjeuner, nous devrons être ici tous les quatre pour préparer notre expédition. Je débarrasserai l'une de ces tables, Violette, afin que tu travailles sur les pièges. Klaus, j'attends de toi que tu lises tout ce que je te donnerai sur le Pérou – et attention, il faudra prendre des notes ! Quant à Prunille, elle pourra s'asseoir là, sur ce tapis, et débiter la ficelle à coups de dents. Nous travaillerons tout le jour jusqu'à l'heure du souper, et après souper nous irons au cinéma. Ça vous va ? Des objections ?

Les enfants se regardèrent, radieux. Des objections ? Après des semaines chez un comte Olaf qui leur faisait couper du bois, servir le dîner à une bande d'ivrognes et nettoyer son taudis ? Au contraire, le programme de l'oncle Monty avait un petit parfum de vacances. Là, sous la verrière inondée de lumière, les enfants n'en croyaient pas leurs oreilles, ou plutôt croyaient leurs malheurs terminés. Ils se trompaient, hélas ! mais nous seuls le savons. Pour l'heure, tous trois avaient le cœur en fête.

— Non-non-non ! s'écria Prunille, comme en réponse à la demande d'objections.

L'oncle Monty se mit à rire.

— Bon-bon-bon ! fit-il en écho. Maintenant, allons voir ces chambres et décider qui prend laquelle.

— Oncle Monty ? hasarda Klaus, timide soudain. J'ai une question. Une seule.

— Vas-y.

— Qu'est-ce qu'il y a là, dans cette cage, avec l'étoffe blanche par-dessus ?

L'oncle Monty se tourna vers la cage, puis son regard revint aux enfants. Il rayonnait.

— Ça, c'est un serpent inconnu à ce jour, découvert lors de mon dernier voyage. Gustav et moi sommes les seuls au monde à l'avoir vu. Le mois prochain, je le présenterai solennellement à la Société d'herpétologie, pour notre congrès annuel. Mais bon, puisque c'est vous, je vais vous permettre d'y jeter un coup d'œil. Approchez.

Les enfants suivirent l'oncle Monty jusqu'à la cage drapée de blanc. D'un geste théâtral, l'oncle retira l'étoffe.

À l'intérieur, un gros serpent noir – aussi gros qu'un tuyau de gouttière, aussi noir qu'un ruban de réglisse – tourna vers les enfants ses beaux yeux vert fluo. Sitôt sa cage à nu, il se déroula en majesté et, sans hâte, se mit à ramper autour de son habitacle.

— Comme c'est moi qui ai découvert l'espèce, annonça gaiement l'oncle Monty, c'est à moi que revient l'honneur de lui donner un nom.

— Et vous l'appelez comment ? demanda Violette.

— *Vipera mors-certa* subspecies *benghalensis*, répondit l'oncle d'un trait. « Vipère mort-sûre du Bengale ». Du groupe des Mégavipères – ou vipères géantes –, tout spécialement créé par moi.

C'est alors que se produisit l'impensable, l'imprévisible, l'invraisemblable. Ce que ni l'oncle Monty, ni les enfants, ni vous, ni moi n'aurions jamais imaginé.

D'un coup de queue nonchalant, le gros serpent noir fit sauter le crochet qui fermait sa cage. Il se coula au-dehors et, sans laisser à personne le temps de dire ouf, il ouvrit grand ses mâchoires et mordit Prunille au menton.

Chapitre III

J e suis désolé, navré de vous avoir laissés ainsi en haleine, mais, comme j'écrivais ces lignes, j'ai jeté un coup d'œil à l'horloge et réalisé que j'étais en retard pour un dîner à grand tralala donné par une de mes amies. Mme diLustro – l'amie en question – est une femme merveilleuse, fabuleuse détective et cuisinière hors pair, mais elle entre dans une rage folle pour peu qu'on ait cinq minutes de retard, aussi ai-je filé en vitesse.

Du coup, peut-être avez-vous cru, à la fin du chapitre précédent, que Prunille était tombée raide, foudroyée par le venin du gros serpent noir. Peut-être même avez-vous songé que c'était là l'un des malheurs annoncés pour le présent volume. J'ai la grande joie de vous informer que Prunille survécut à la morsure — même si l'oncle Monty, j'en ai peur, risque d'avoir moins de chance très bientôt, mais n'anticipons pas.

Lorsque la vipère mort-sûre parut planter ses crochets dans le menton de Prunille (oui, les dents de vipère sont des « crochets » basculants, munis chacun d'un canal permettant d'injecter le venin), Violette et Klaus se figèrent, horrifiés, tandis que la petite fermait les yeux, changée en poupée de cire.

L'instant d'après, vive comme l'éclair, Prunille rouvrait les yeux avec un éclair de malice, et plantait ses petites dents, un bon coup, dans le nez rose du serpent. Aussitôt la vipère, qui n'avait fait que mordiller, s'empressa de lâcher prise, presque sans laisser de marque sur le petit menton. Violette et Klaus se tournèrent vers l'oncle Monty et celui-ci éclata de rire, un grand rire réverbéré par le vitrage.

— Oncle Monty ! s'écria Klaus au désespoir. Que faire ?

— Oh ! mes enfants, je suis désolé, dit l'oncle Monty, essuyant ses larmes de rire d'un revers de main. J'aurais dû vous prévenir. La vipère mort-sûre du Bengale est le plus doux, le plus

inoffensif de tous les reptiles de la création.
Prunille ne risque rien, et vous pas davantage.

Klaus regarda sa jeune sœur. La petite,
toujours sur sa hanche, serrait contre elle le
serpent noir comme une grosse chaussette
bourrée de mousse et l'embrassait sur le nez.
Sûrement, l'oncle Monty disait vrai.

— Mais alors, pourquoi ce nom de vipère
mort-sûre ?

L'oncle rit de bon cœur.

— Pourquoi ? Par plaisanterie. Comme je
vous l'ai dit, je suis l'inventeur de ce serpent,
autrement dit, celui qui l'a découvert. Il m'ap-
partient donc de le nommer, comme le veut la
règle. Le jour où je le présenterai à la Société
d'herpétologie – surtout, n'en dites rien à
personne –, j'espère ainsi faire une belle frayeur
à mes confrères. Après coup, bien sûr, je leur
dirai que ce serpent n'est pas plus dangereux
qu'une peluche. Mais ça leur apprendra à me
mettre en boîte à cause de mon nom. « Salut
salut, Montgomery Montgomery ! Ça va ça va,
Montgomery Montgomery ? » Cette année, à
moi de les charrier un peu ! « Mes chers collè-
gues, j'ai le grand honneur de vous présenter

une espèce nouvelle, Vipera mors-certa sbsp benghalensis, la vipère mort-sûre du Bengale, espèce géante que j'ai découverte au sud-ouest de... Juste ciel ! Elle est sortie de sa cage ! » Je les laisserai tous se percher sur les tables ou grimper aux rideaux, et alors seulement je préciserai que ce serpent est dépourvu de venin et doux comme un faon nouveau-né !

Il en riait aux larmes. Violette et Klaus se mirent à rire aussi, tant par soulagement qu'à l'idée de savants jouant à chat perché.

Klaus reposa Prunille au sol et la vipère mort-sûre l'y suivit, sa queue affectueusement enroulée autour de la petite, comme on enlace l'épaule de quelqu'un qu'on aime bien.

— Et... euh... hésita Violette, il y en a, ici, des serpents vraiment dangereux ?

— Bien sûr, répondit l'oncle Monty. On n'étudie pas les serpents durant quarante ans sans se trouver nez à nez avec des espèces redoutables. J'ai un placard entier d'échantillons de venin, ceux de toutes les espèces venimeuses connues à ce jour. Dans l'une de ces cages se trouve un crotale au venin si mortel que votre cœur cesserait de battre avant même que vous ne sachiez qu'il vous a mordu. Dans une autre se trouve un python qui peut ouvrir si grand les mandibules qu'il nous avalerait tous les quatre, pratiquement d'un seul trait. Sans parler d'un ou deux autres dont je parie qu'ils nous renverseraient dans la rue sans s'arrêter pour s'excuser. Mais ces dangereux individus sont dans des cages solidement cadenassées, n'ayez crainte. Et tous peuvent être manipulés sans danger pour peu qu'on les connaisse assez. Dans cette salle, soyez tranquilles : à condition de ne jamais se croire plus savant qu'on ne l'est, il ne peut rien arriver de fâcheux.

Savez-vous, d'aventure, ce qu'on nomme ironie dramatique ? En littérature, on parle d'ironie dramatique lorsque, par exemple, quelqu'un fait une remarque anodine, et que quelqu'un d'autre sait des choses qui donnent à cette remarque un tout autre sens, tragique celui-là. Par exemple, vous êtes au restaurant et vous déclarez : « Bon sang ! que j'ai hâte de goûter à ce veau marengo ! » Si quelqu'un sait d'avance que le veau marengo contient du poison, et que vous allez tomber raide mort dès la première bouchée, vous vous trouvez dans une situation d'ironie dramatique. L'ironie dramatique a quelque chose de cruel, et je regrette fort de la voir intervenir dans ce récit. Mais les enfants Baudelaire, avec leur déveine, étaient assurés de voir, tôt ou tard, dame Ironie dramatique pointer le nez dans leur histoire.

Donc, en entendant l'oncle Monty garantir que rien de fâcheux ne saurait se produire dans le Laboratoire aux serpents, nous devrions éprouver ce frisson né de l'ironie dramatique. C'est une sensation assez proche de celle de l'ascenseur qui descend brusquement, comme s'il se décrochait, ou de la porte de placard qui s'ouvre alors qu'on est seul dans la pièce. Car Violette, Klaus et Prunille ont beau se sentir en sécurité dans cette serre, ils ont beau être rassurés par les propos de l'oncle Monty, vous et moi savons que bientôt l'oncle Monty va perdre la vie, ici même, terrassé de façon tragique, et que les enfants Baudelaire vont renouer avec le danger.

Durant la semaine qui suivit, pourtant, les trois enfants vécurent heureux sous leur nouveau toit. Tous les matins, ils s'éveillaient pleins d'entrain et se levaient du bon pied, chacun dans sa chambre à soi, aménagée à son goût.

Violette s'était choisi une chambre avec vue sur les haies serpents du jardin de devant. Ce paysage, elle en était sûre, allait lui inspirer des inventions fabuleuses. Elle avait punaisé au mur – avec la permission de l'oncle Monty – de grandes feuilles de papier blanc sur lesquelles esquisser les croquis qui lui passaient par la tête, y compris au milieu de la nuit.

Klaus avait opté pour une chambre avec alcôve, un coin douillet où bouquiner en paix et dans le plus grand confort. Avec la permission de l'oncle Monty, il y avait transféré l'un des fauteuils rembourrés du séjour, ainsi qu'une lampe de cuivre de la bibliothèque. Le soir, au lieu de lire au lit, il se lovait là avec un bon livre, et il lui arrivait de s'y réveiller au matin.

Prunille avait élu une chambre entre celles de ses aînés, et elle l'avait emplie de petits objets durs glanés à travers la maison, afin d'y planter les dents chaque fois que l'envie l'en prenait. Elle y avait aussi un assortiment de jouets destinés à la vipère mort-sûre, et toutes deux se livraient à de folles parties – dans les limites du raisonnable, bien sûr.

Mais le lieu préféré des enfants était le

Laboratoire aux serpents. Tous les matins, après le petit déjeuner, ils y rejoignaient l'oncle Monty qui s'activait dès l'aube en vue de l'expédition.

Violette s'asseyait à une table couverte d'accessoires composant les pièges à serpent et se mettait au travail. Elle avait eu tôt fait de saisir le fonctionnement de ces engins et à présent elle les vérifiait un à un, les réparait au besoin, parfois les aménageait afin d'améliorer le confort des reptiles durant le long voyage entre leur lieu de capture et leur futur logis. Klaus, à la table voisine, dévorait méthodiquement des volumes entiers sur le Pérou, en notant dans un cahier tout ce qui pourrait se révéler utile. Pendant ce temps, assise par terre, Prunille rongeait avec ardeur des kilomètres de ficelle à débiter en petits bouts.

Mais ce que les enfants aimaient le mieux, c'était écouter leur oncle parler de ses pensionnaires. De temps à autre, en guise de récréation, il leur montrait le lézard-vache d'Alaska, longue créature violacée produisant un lait très crémeux ; ou le crapaud dissonant, qui imitait la parole humaine d'une voix étrangement râpeuse. Il leur indiquait comment manipuler le triton bombe-à-encre sans se noircir les doigts abominablement ; comment deviner l'humeur du python soupe-au-lait, qu'il valait mieux laisser tranquille lorsqu'il était à cran. Il leur apprenait à ne pas donner trop d'eau au crapaud z'yeux-verts et à ne jamais, jamais laisser la couleuvre-wolf de Virginie, par ailleurs inoffensive, s'approcher d'une machine à écrire.

Souvent, dans ces instants, l'oncle Monty laissait la conversation dévier vers d'autres sujets, récits de voyages et rencontres variées – hommes, serpents, crapauds, femmes, lézards, enfants et autres créatures. Les orphelins, de leur côté, ne tardèrent pas à se confier à lui. Ils finirent même par lui parler de leur vie d'avant, par avouer combien leurs parents leur manquaient. L'oncle Monty prêtait une oreille attentive, et parfois tous les quatre finissaient leur journée si tard qu'ils avaient juste le temps d'avaler un morceau à la diable avant de s'entasser dans le petit quatre-quatre que l'oncle appelait sa « jeep » pour foncer au cinéma.

Un matin, pourtant, en entrant dans le Laboratoire aux serpents, les enfants n'y trouvèrent pas l'oncle, mais un petit billet de sa main.

Bambini cari,

Suis parti en ville pour quelques derniers achats : répulsif contre la guêpe du Pérou, brosses à dents, pêches au sirop et canoé résistant au feu. La recherche de bonnes pêches au sirop risque de prendre un peu de temps, ne m'attendez pas avant le dîner.

Stephano, le remplaçant de Gustav, doit arriver aujourd'hui en taxi. Soyez gentils, mettez-le à l'aise. Et puisque, comme vous le savez, il ne nous reste que deux jours avant le grand départ, ne perdez pas une minute aujourd'hui.

Votre oncle tout émoustillé,
Monty

— Émoustillé, comment ça ? demanda Violette. Qu'est-ce que ça veut dire au juste ?

— De bonne humeur et tout excité, répondit Klaus, qui avait rencontré ce mot un jour et cherché dans le dictionnaire. À l'idée de partir pour le Pérou, j'imagine. Ou peut-être à l'idée d'avoir un nouvel assistant ?

— Ou peut-être à l'idée de nous emmener, nous ? suggéra Violette.

— Kendal ? s'écria Prunille, ce qui signifiait sans doute : « Ou peut-être à l'idée des trois à la fois ? »

— Moi aussi, dit Klaus, je me sens un peu émoustillé. Je trouve ça chouette, de vivre avec l'oncle Monty.

— Bien d'accord, approuva Violette. Et moi qui croyais que plus jamais je ne serais heureuse !

— Mais papa et maman me manquent quand même, corrigea Klaus. Oncle Monty est très gentil, mais j'aimerais quand même mieux vivre chez nous, comme avant.

— Moi aussi, bien sûr, s'empressa de dire Violette. Mais tu vois... (Et, lentement, elle formula à voix haute une pensée qui lui trottait dans la tête depuis quelques jours.) Bien sûr, nos parents nous manqueront toujours. C'est certain. Mais d'un autre côté, tu sais, je crois que nous pouvons penser à eux, et les regretter, sans pour autant être malheureux tout le temps. Après tout, eux les premiers, ils ne voudraient pas nous voir malheureux.

— Tu te rappelles, reprit Klaus, songeur, ce jour de pluie où on s'embêtait tant, tous les trois, qu'on s'était mis du vernis rouge aux ongles de pied ?

— Oui, dit Violette, riant à ce souvenir. Et j'en avais renversé un peu sur le fauteuil jaune.

— Arko, dit Prunille, ce qui signifiait sans doute :
« Et la tache n'était jamais partie tout à fait. »

Les orphelins sourirent et, sans un mot, se mirent au travail. Durant tout le reste de la matinée, ils travaillèrent avec zèle, soulagés d'avoir compris qu'être heureux avec l'oncle Monty ne signifiait pas qu'ils risquaient d'oublier leurs parents.

Il est bien triste de devoir dire que cet instant de bonheur devait être le dernier pour long-temps. Les enfants Baudelaire commençaient à songer au repas de midi lorsqu'ils entendirent un bruit de moteur dans l'allée, suivi d'un coup d'avertisseur appuyé.

Pour eux, c'était le signal de l'arrivée de Stephano.

Pour nous, c'est le signal que leurs malheurs reprennent.

Klaus leva le nez du *Grand Livre des petits reptiles du Pérou.*

— Ça, dit-il, c'est le nouvel assistant, je parie. J'espère qu'il est aussi sympa qu'Oncle Monty.

— Moi aussi, dit Violette en actionnant la bascule d'un piège à crapaud pour véri-fier son bon fonctionnement. Ce serait la barbe d'aller au Pérou avec un casse-pieds.

— Djerdja ! lança Prunille gaiement, ce qui signifiait selon toute vraisemblance : « Allons voir à quoi ressemble ce Stephano ! »

Les enfants sortirent sur le perron et virent un taxi garé devant l'une des haies serpents. Un grand diable sec comme un coup de trique, à barbe épaisse et sans sourcils, s'extirpait de la banquette arrière, muni d'une grosse valise noire avec cadenas chromé.

— Un pourboire ? Pas question ! dit-il au chauffeur de taxi. Vous êtes bien trop bavard ! Vous croyez peut-être que tout le monde tient à vous entendre radoter sur votre petit dernier ? Ah ! bonjour vous autres ! Je suis Stephano, le nouvel assistant du Dr Montgomery. Enchanté.

— Enchantée, répondit Violette en s'approchant.

Quelque chose dans cette voix sifflante ne lui semblait pas inconnu.

— Enchanté, répondit Klaus, levant le nez vers l'arrivant.

Quelque chose dans ces yeux luisants lui semblait terriblement familier.

— Houda ! lança Prunille de sa petite voix perçante.

Quelque chose sur la cheville de l'arrivant lui évoquait des souvenirs très précis.

Alors les enfants Baudelaire comprirent la même chose en même temps. Tous trois reculèrent avec ensemble, comme devant un chien qui gronde.

L'arrivant pouvait bien prétendre s'appeler Stephano, il portait un nom tout autre. Un coup d'œil sur sa personne – de la tête aux pieds, des pieds à la tête – suffisait aux enfants pour se faire une opinion : il n'était autre que le comte Olaf. Peu importait la barbe, récente ou fausse. Peu importait l'absence de sourcils, sans doute épilés. L'œil tatoué sur la cheville parlait de lui-même.

Chapitre IV

De toutes les pensées pénibles, les regrets sont parmi les pires. Un regret, c'est si vite arrivé ! Une situation se présente, vous faites ce qu'il ne fallait pas, ou vous ne faites pas ce qu'il fallait, et voilà : toute votre vie, vous aurez le regret de n'avoir pas agi différemment. Par exemple, certains jours, quand je marche au bord de la mer, ou quand je rends visite à la tombe d'un ami, je songe à certain soir, voilà bien longtemps, où je n'ai pas pris de lampe de poche alors que j'aurais dû en prendre une. Les effets ont été tragiques, et je remâche sans trêve : Pourquoi n'avoir pas pris de lampe de poche ? J'ai beau savoir qu'il est trop tard, mes pensées y reviennent obstinément. J'aurais dû prendre une lampe de poche.

De la même façon, des années plus tard, Klaus Baudelaire songeait encore à cet instant fatidique où ses sœurs et lui avaient reconnu le comte Olaf, et il regrettait amèrement de n'avoir pas rappelé le taxi qui redescendait l'allée. Stop ! criait Klaus en pensée, sachant fort bien qu'il était trop tard. Stop ! Revenez ! Ramenez cet homme là d'où il est vient ! Chacun comprendra, pourtant, que Klaus et ses sœurs étaient trop choqués pour réagir aussi promptement. N'empêche, des années plus tard, dans ses moments d'insomnie, Klaus se disait encore que peut-être, peut-être, s'il avait agi à temps, il aurait pu épargner la vie de l'oncle Monty.

Mais sur le coup, Klaus ne fit rien. Aucun des enfants Baudelaire ne fit rien. Sinon ouvrir des yeux ronds sur Stephano alias Olaf, et pendant ce temps-là le taxi repartit, laissant les enfants seuls face à leur pire ennemi.

Le nouveau venu souriait du même sourire que le python mongol de l'oncle Monty, face à la souris blanche de son dîner.

— Sûrement l'un de vous aura la gentillesse de porter ma valise dans ma chambre ? suggéra-t-il de sa voix sifflante. Le trajet le long de cette route puante m'a complètement épuisé.

— Si quelqu'un mérite la route des Pouillasses, dit Violette en le fusillant du regard, c'est bien vous. Votre valise, aucun de nous n'y touchera. Pour une raison très simple : nous ne vous laisserons pas mettre les pieds dans cette maison, comte Olaf.

L'arrivant fit la grimace, puis il jeta un regard à la ronde, comme s'il s'attendait à voir quelqu'un surgir de derrière les haies serpents.

— Comte Olaf ? De qui parlez-vous ? Je m'appelle Stephano. Je suis ici pour seconder Montgomery Montgomery dans son expédition au Pérou. Et vous autres, les nains, vous êtes des serviteurs de la maison, je suppose ?

— On n'est pas des nains, rétorqua Klaus. On est des enfants. Et vous n'êtes pas Stephano. Vous êtes le comte Olaf. Vous pouvez bien avoir une barbe et plus un poil aux sourcils, vous êtes

51

toujours le même sale bonhomme, et nous ne vous laisserons pas entrer dans cette maison.

— Futa ! cria Prunille, ce qui signifiait probablement : « Bien d'accord ! »

Le soi-disant Stephano regarda chacun des enfants tour à tour, et ses yeux étincelèrent comme s'il riait d'une bonne plaisanterie.

— Je ne comprends rien à ce que vous racontez, les mouflets. Mais si je comprenais, si j'étais ce comte Olaf dont vous parlez, je vous trouverais joliment insolents, mes gaillards ! Et si je vous trouvais insolents, je pourrais bien me mettre en colère. Et si je me mettais en colère, qui sait de quoi je serais capable ?

Alors les enfants Baudelaire, qui avaient le regard aigu, virent frémir ses épaules maigres. Faut-il rappeler ici combien le comte pouvait se montrer violent ? Les orphelins, en tout cas, n'avaient pas besoin qu'on le leur rappelle. Rien que d'y penser, Klaus avait encore la pommette cuisante, là où le comte l'avait frappé, des semaines plus tôt. Prunille se sentait encore courbatue de son séjour dans une cage à serins, à une fenêtre de la tour où le comte mijotait ses méfaits. Quant à Violette, qui n'avait pas reçu de coups, elle avait en revanche bien failli se retrouver mariée à ce monstre, et ce souvenir lui suffisait. Sans un mot, elle saisit la grosse valise pour la traîner vers la porte.

— Eh ! Soulève-la ! protesta la voix sifflante. Soulève-la mieux que ça ! Tu crois que ça l'arrange, de racler le sol comme une charrue ?

Klaus et Prunille se précipitèrent pour aider leur aînée, mais même à trois ils avaient peine à soulever cette valise. Ils en titubaient. Comme si revoir le comte Olaf n'était pas déjà assez horrible ! Il fallait l'aider, en prime, à s'introduire chez l'oncle Monty. Et l'odieux personnage les suivait de si près qu'ils sentaient derrière eux son haleine pestilentielle. Ils déposèrent la valise dans l'entrée de la maison, sous la toile représentant les deux serpents enlacés.

— Merci, les orphelins, dit-il, refermant la porte derrière lui. Le professeur Montgomery m'a indiqué où se trouvait ma chambre, je crois que je vais monter ma valise moi-même. Allez, maintenant, disparaissez ! Nous aurons tout le temps de faire connaissance.

— On vous connaît déjà, comte Olaf, dit Violette. Et vous n'avez pas changé d'un poil.

Ou plutôt si, d'un poil ou deux, mais c'est bien tout.

— Et vous non plus, vous n'avez pas changé, sales drôles ! Toi, Violette, tu es toujours plus têtue qu'une mûle. Toi, Klaus, tu portes toujours ces stupides binocles, pour avoir déjà trop bouquiné. Et je vois que cette chère Prunille n'a toujours que neuf orteils...

— Futi ! cria Prunille, ce qui voulait dire clairement : « N'importe quoi ! »

— Qu'est-ce que vous nous chantez ? éclata Klaus. Elle a toujours eu dix orteils, comme tout le monde !

— Ah tiens ? dit le comte Olaf. Bizarre. Il me semblait qu'elle en avait perdu un, par accident. (Ses yeux luisaient comme jamais et, de la poche de son manteau, il tira un coutelas presque aussi long qu'un couteau à pain.) Je croyais me souvenir qu'un pauvre homme, las de s'entendre appeler d'un autre nom que le sien, avait un jour laissé tomber un couteau sur son peton rose. Par pur égarement, par mégarde...

Violette et Klaus regardèrent le coutelas, puis le pied nu de leur petite sœur.

— Vous n'oseriez pas... commença Klaus.

— Laissons de côté, voulez-vous, ce que j'oserais ou n'oserais pas faire. Voyons plutôt comment vous m'appellerez, tout le temps que je serai sous ce toit.

— Nous vous appellerons Stephano, puisque vous nous menacez, dit Violette. Mais n'espérez pas y rester longtemps, sous ce toit.

Le prétendu Stephano ouvrit la bouche pour dire quelque chose, mais Violette mit fin à la conversation. Tournant résolument les talons, elle repartit d'un pas tranquille en direction du Laboratoire aux serpents, suivie de son frère et de sa sœur.

À les voir ainsi, tous trois, tourner le dos à Stephano après lui avoir tenu tête, on aurait pu croire les enfants sans peur. Mais, sitôt dans la grande serre, il en fut tout autrement. Violette s'adossa à une cage et s'enfouit le visage dans les mains. Klaus se laissa tomber sur une chaise, tremblant si fort que ses pieds dansaient des claquettes. Et Prunille se recroquevilla sur le dallage de marbre, en boule comme un hérisson. Durant un long moment, aucun d'eux ne dit mot. Par-dessus le galop de son cœur, chacun prêtait l'oreille aux bruits étouffés de l'installation de Stephano à l'étage.

— Mais comment a-t-il fait pour nous retrouver ? coassa enfin Klaus d'une voix étranglée. Comment est-il devenu l'assistant d'oncle Monty ? Qu'est-ce qu'il vient fabriquer ici ?

— Il s'est juré de faire main basse sur la fortune Baudelaire, soupira Violette en soulevant Prunille pour la prendre dans ses bras. Il me l'a dit lui-même, le soir de la pièce, avant de s'éclipser. Il m'a dit qu'il mettrait la main dessus, même si c'était la dernière chose qu'il devait faire.

Elle réprima un frisson, se gardant de préciser qu'il avait ajouté : « Et, quand je la tiendrai, je me débarrasserai de vous trois. Je le ferai de mes propres mains. » Il en était capable, elle le savait trop bien ! Capable de les noyer comme trois chatons, de leur tordre le cou comme à trois perdreaux.

— Il faut faire quelque chose, dit Klaus, mais quoi ? Oncle Monty ne sera pas de retour avant ce soir.

— On pourrait appeler Mr Poe, suggéra Violette. On est en plein dans ses heures de bureau, mais peut-être que pour une urgence...

— Jamais il ne nous croira. Tu te souviens, quand on a essayé de lui expliquer, la première fois ? Le temps qu'il se décide à comprendre, il était moins une. Non, je crois qu'on ferait mieux de filer. Si on filait tout de suite, je parie, on arriverait en ville à temps pour prendre un train, n'importe lequel, et partir au diable vauvert.

En pensée, Violette se vit cheminer le long de la route des Pouillasses, sous les pommiers tortueux, dans l'odeur de moutarde.

— Mais quel diable vauvert au juste ? dit-elle.

— Peu importe. Loin. Très loin. Si loin qu'Olaf-face-de-rat ne nous retrouverait jamais. En plus, on changerait de noms, pour que personne ne sache où on est.

— Mais on n'a pas d'argent, rappela Violette. Tu nous vois vivre tout seuls sans argent ?

— On se trouverait du boulot. Moi, je pourrais travailler dans une bibliothèque, par exemple. Et toi, dans une fabrique de machines. Bon, d'accord, Prunille est encore un peu petite ; mais dans quelques années, elle pourrait travailler, elle aussi.

Ils se turent. Ils s'efforçaient d'imaginer la suite. Quitter l'oncle Monty. Essayer de vivre seuls. Se trouver des petits boulots, prendre soin les uns des autres... Le silence se prolongea, et tous trois eurent la même pensée : si seulement leur maison n'avait jamais brûlé ! Si leurs parents n'avaient pas péri dans l'incendie, si leurs vies ne s'étaient pas retrouvées chamboulées ! Jamais ils n'auraient entendu parler du comte Olaf – et surtout ils n'auraient pas été, à l'instant même, seuls avec lui dans une maison déserte, seuls avec ce triste sire nourrissant de noirs desseins.

— Ça ne servirait à rien de filer, conclut Violette pour finir. Le comte Olaf nous a retrouvés une fois, il nous retrouverait tout pareil. Où que nous allions. De plus, qui sait où sont ses complices ? Si ça se trouve, ils sont là, autour de la maison, en train de faire le guet.

Klaus eut un frisson. Les complices du comte. Il les avait oubliés, ceux-là. Non content de convoiter la fortune Baudelaire, Olaf était à la tête d'une troupe de théâtre douteuse, avec des comparses toujours prêts à l'épauler dans ses mauvais coups. Tous plus sinistres les uns que les autres, ils formaient un assortiment à vous faire dresser les cheveux sur la tête. Il y avait un chauve avec un long nez, toujours vêtu d'une espèce de robe noire. Il y avait deux femmes au visage si fariné de blanc qu'on aurait juré deux fantômes. Il y avait une créature si énorme, si informe qu'on ne pouvait dire si elle était homme ou femme. Il y avait un grand diable décharné, avec deux crochets à la place des mains... Et Violette avait raison ; tous pouvaient être là, aux aguets, quelque part derrière les haies serpents, prêts à sauter sur eux s'ils faisaient mine de s'échapper.

— Le mieux, je crois, dit Violette, c'est d'attendre le retour de l'oncle Monty, et de tout lui dire. Lui nous croira. Si nous lui parlons du tatouage sur la cheville de Stephano, il lui demandera des explications.

Le ton dont elle prononçait Stephano disait clairement son mépris pour la mascarade du comte.

Mais Klaus avait des doutes.

— Tu crois ? Après tout, c'est lui qui a embauché Stephano. (Et, à la façon dont il prononçait Stephano, il était clair qu'il partageait les sentiments de sa sœur.) Va savoir s'ils n'ont pas monté leur coup ensemble !

— Fouppa ! lança Prunille, ce qui signifiait sans doute : « Klaus, tu dérailles ou quoi ? »

— Non, reprit Violette. Prunille a raison.

Je ne peux pas croire que l'oncle Monty soit de mèche avec le comte Olaf. Il a été si gentil avec nous jusqu'ici ! En plus, réfléchis : s'ils étaient complices, Olaf n'insisterait pas tant pour qu'on l'appelle Stephano.

— Hmm, pas faux, reconnut Klaus, pensif. Bref, on attend l'oncle Monty.

— On l'attend, approuva Violette.

— Roudjou, conclut Prunille gravement.

Tous trois se turent, la mine sombre. Attendre est l'un des désagréments de l'existence. Mais il y a *attente* et *attente*. Il est déjà bien assez pénible d'attendre la glace au chocolat, surtout quand le steak filandreux traîne encore, intact, dans l'assiette ; déjà bien assez pénible d'attendre Halloween, surtout quand la rentrée des classes remonte à moins d'une semaine. Mais attendre le retour d'un oncle quand rôde à l'étage un scélérat, voilà qui est plus pénible que tout.

Pour tromper l'attente, les enfants essayèrent de se remettre au travail. Las ! ils étaient bien trop anxieux pour se concentrer. Violette tenta de nouer un lacet de piège, mais le seul nœud qu'elle avait en tête était celui de son estomac. Klaus tenta de lire un chapitre sur les plantes urticantes du Pérou, mais penser à Stephano lui donnait des démangeaisons. Et Prunille tenta de ronger de la ficelle, mais ses petites dents n'avaient envie de mordre que l'intrus à l'étage. Elle n'était même pas d'humeur à jouer avec la vipère mort-sûre.

Aussi les trois enfants passèrent-ils le restant de la journée à se morfondre dans le Laboratoire aux serpents, le nez au vitrage pour guetter le retour de l'oncle, et l'oreille à l'affût des bruits de l'étage. Ils s'interdisaient d'imaginer ce que Stephano sortait de sa valise.

Enfin, lorsque les haies serpents jetèrent au loin leurs ombres tordues dans le jour déclinant, ils entendirent un bruit de moteur et le quatre-quatre surgit dans l'allée. Un grand canoé paradait sur le toit, la banquette arrière disparaissait sous un amas de paquets.

L'oncle Monty s'extirpa du véhicule, chancelant sous le poids de ses emplettes, et aperçut les enfants à travers la paroi de verre. Il leur sourit, ils lui rendirent son sourire – et c'est ainsi que Klaus se créa un nouveau regret pour plus tard : si seulement, au lieu de sourire, il s'était rué dehors, peut-être aurait-il été seul avec

l'oncle Monty un instant ? Hélas ! Le temps
d'arriver dans le hall d'entrée, et déjà les trois
enfants trouvèrent leur oncle en conversation
avec Stephano.

— J'ignorais vos préférences en matière de
brosses à dents, disait l'oncle Monty sur un ton
d'excuse. Je vous en ai pris une à poils extra-
durs, parce que ce sont mes favorites. La nour-
riture péruvienne est volontiers un peu collante.
Il faut toujours prévoir une brosse à dents de
rechange quand on va par là-bas.

— Les extra-dures sont absolument à ma
convenance, assura Stephano. (Il s'adressait à
l'oncle, mais c'étaient les enfants qu'il épiait
de ses petits yeux luisants.) Voulez-vous que je
décharge le canoé ?

— Volontiers mais, juste ciel ! pas tout seul,
répondit l'oncle Monty. Klaus, tu veux bien
aider Stephano ?

— Oncle Monty, s'il vous plaît, risqua
Violette. Nous avons quelque chose à vous dire.
Quelque chose de très important.

— Je suis tout ouïe, répondit l'oncle. Mais
d'abord, que je vous montre le baume anti-
guêpes que j'ai trouvé. Je suis rudement content

62

que Klaus ait lu cet article sur les insectes du Pérou, car nos anti-moustiques n'auraient été d'aucun secours.

Tout en parlant, l'oncle farfouillait dans l'un de ses sacs. Il en sortit triomphalement un flacon bariolé, tandis que les enfants, piaffants, attendaient la fin de sa tirade.

— En effet, celui-ci contient un composant à base de...

— Oncle Monty, coupa Klaus, ce que nous avons à dire est urgent.

— Klaus ! s'écria l'oncle Monty, choqué. On ne coupe pas la parole. C'est très impoli, sais-tu ? Bon. Pour le moment, s'il te plaît, va aider Stephano à décharger ce canoé. Nous reparlerons plus tard de ce que vous avez à me dire.

Klaus poussa un long soupir, mais il escorta Stephano. Violette les suivit des yeux tandis que l'oncle Monty déposait ses sacs à terre et se tournait vers elle, contrarié.

— Et voilà ! Maintenant je ne sais plus ce que je voulais dire. J'ai horreur de perdre le fil de ma pensée.

— Ce que nous avons à... commença Violette, mais elle se tut net.

Un éclat lumineux venait d'attirer son regard. L'oncle tournait le dos à l'entrée et à tout ce qui se tramait dehors. Mais Violette avait vue sur l'allée. Là, entre les haies serpents, Stephano s'était arrêté et, plongeant la main dans son manteau, il en avait tiré son coutelas. Dans le soleil oblique, la lame avait lancé un éclair, tel un éclat de phare en mer. Un éclat de phare, c'est un avertissement pour les bateaux : surtout n'approchez pas, danger. L'éclair du couteau de Stephano était un avertissement, lui aussi.

Klaus regarda la lame, puis Stephano, puis Violette. Violette regarda Klaus, puis Stephano, puis l'oncle Monty. Prunille regarda tout le monde à tour de rôle. L'oncle Monty ne regarda personne ; il était trop occupé à chercher ce qu'il avait bien pu vouloir dire au sujet de ce baume anti-guêpes.

— Ce que nous... reprit Violette, puis elle renonça.

Stephano avait gagné. Le plus sage était de se taire. Si elle soufflait un seul mot sur sa réelle identité, il allait s'en prendre à son frère. Séance tenante. Devant les haies serpents.

Sans un mot, le pire ennemi des enfants Baudelaire les avait prévenus haut et clair.

Chapitre V

Cette nuit-là parut aux enfants la plus longue et la plus terrible de leurs jeunes vies. Pourtant, des nuits terribles, ils en avaient compté plus d'une. Par exemple, peu après la naissance de Prunille, ils avaient eu tous trois la coqueluche et s'étaient débattus toute une nuit contre une fièvre dévorante, malgré les compresses d'eau froide que leur père plaçait sur leur front. Pire encore, la nuit d'après l'incendie funeste, cette première nuit chez Mr Poe, aucun d'eux n'avait fermé l'œil tant ils étaient écrasés de chagrin. Et chez le comte Olaf, bien sûr, ils avaient passé bien des nuits aussi pénibles qu'interminables.

Mais cette nuit-là leur sembla plus cauchemardesque encore. Toute la soirée, du retour de l'oncle Monty à l'heure du coucher, Stephano les tint à l'œil et prit soin de ne jamais les laisser seuls avec leur oncle, de peur qu'ils ne révèlent son identité.

L'oncle Monty, de son côté, était bien trop préoccupé par les derniers préparatifs pour se douter de quelque chose. Même lorsque Stephano transporta d'une seule main le reste des paquets, histoire de garder l'autre main sur son coutelas, l'oncle Monty était trop ravi de ses dernières acquisitions pour remarquer quoi que ce fût. Plus tard, en préparant le souper, Stephano décocha aux enfants un sourire qui en disait long, tout en débitant les champignons en tranches fines. Mais l'oncle Monty était trop absorbé par sa sauce stroganoff – qui ne devait surtout, surtout pas bouillir – pour remarquer la lame dont se servait Stephano. Durant le repas, Stephano ne tarit pas d'éloges sur les découvertes du professeur Montgomery, et l'oncle fut si flatté qu'il n'imagina pas une seconde que Stephano tenait un coutelas sous la table et que, tout le temps du repas, il en passait la lame doucement contre le genou de Violette. Et quand l'oncle Monty annonça qu'il emmenait son nouvel assistant visiter le Laboratoire aux serpents, il était si heureux de montrer ses pensionnaires que c'est à peine s'il s'aperçut que Violette, Klaus et Prunille montaient se coucher sans un mot.

Pour la première fois, avoir chacun sa chambre n'était plus un luxe mais un handicap. Chacun dans sa chacunière se sentait affreusement seul et sans défense. Les yeux sur le papier blanc punaisé à son mur, Violette se demandait ce que pouvait bien mijoter Stephano. Blotti dans son fauteuil rembourré, sa lampe de cuivre allumée, Klaus se tracassait trop pour ouvrir un livre. Assise par terre devant sa collection d'objets mordables, Prunille les regardait fixement sans même songer à y planter les dents.

Plus d'une fois, chacun des enfants fut tenté d'aller réveiller l'oncle et de le mettre au courant. Oui, mais pour gagner sa chambre, il fallait passer devant celle de Stephano, et Stephano montait la garde, installé dans un fauteuil qu'il avait tiré devant sa porte ouverte. Chaque fois qu'un des enfants pointait le nez pour scruter le corridor sombre, il voyait le crâne de

Stephano flotter comme une lune pâle au-dessus de ce fauteuil plongé dans l'ombre. Et il voyait luire le coutelas, surtout, le coutelas qui oscillait à son côté comme un balancier de pendule – une pendule muette, une pendule fantôme, et cette vision aurait suffi à décourager le plus brave de s'aventurer dans ce corridor.

Enfin le gris bleuté de l'aube se coula dans la grande demeure, et les enfants Baudelaire descendirent l'escalier en automates, le regard vide, fourbus après une nuit sans sommeil. Ils s'assirent à la table de la cuisine – celle-là même où ils avaient dégusté le gâteau à la noix de coco, le matin de leur arrivée – et grignotèrent sans appétit un semblant de petit déjeuner. Pour la première fois depuis leur arrivée chez l'oncle, il ne leur tardait pas d'aller dans le Laboratoire aux serpents.

— Bon. Au boulot, maintenant, finit par soupirer Violette, délaissant son pain grillé à peine entamé. Oncle Monty est déjà au travail, sûrement. Il nous attend.

— Mouais, et Stephano aussi nous attend, dit Klaus, lugubre. On ne va jamais pouvoir dire à l'oncle Monty ce qu'on sait de lui.

— Yinga, fit Prunille d'une petite voix triste,

et elle laissa tomber au sol sa carotte crue quasi intacte.

— Si seulement l'oncle Monty savait ce que nous savons ! dit Violette. Si Stephano savait que l'oncle Monty sait ce que nous savons ! Mais l'oncle Monty ne sait pas ce que nous savons, et Stephano sait qu'il ne le sait pas.

— Je sais, dit Klaus.

— Je le sais que tu sais. Mais ce que nous ne savons pas, c'est ce que le comte Olaf – je veux dire Stephano – a l'intention de faire. Il louche sur notre fortune, d'accord ; mais il compte s'en emparer comment ? Puisque l'oncle Monty veille sur nous ?

— Peut-être qu'il a l'intention d'attendre ta majorité, dit Klaus. Et de nous sauter dessus dès que ce sera toi qui veilleras sur nos sous.

— Quatre ans à attendre ? Quatre ans, c'est long.

Les trois enfants firent silence, chacun s'efforçant de remonter quatre ans en arrière. Quatre ans auparavant, Violette avait eu dix ans ; elle se revoyait, les cheveux courts, et se rappelait avoir inventé un taille-crayon perfectionné aux alentours de son anniversaire. Klaus, alors âgé de huit ans, avait eu la passion des comètes ; il se souvenait d'avoir dévoré tous les livres d'astronomie de la bibliothèque parentale. Prunille, bien sûr, n'était pas encore née, à l'époque. En silence, elle s'efforçait de retrouver l'effet que cela faisait de n'être pas né. Tout était noir, bien sûr ; et il n'y avait rien à mordre. En tout cas, pour chacun des trois, quatre ans semblaient une éternité. C'est alors que l'oncle Monty fit irruption dans la cuisine.

— Eh ben, les enfants, on dort encore ? Allez, allez, on se remue ! En voilà des limaçons, ce matin !

Il avait l'air encore un peu plus émoustillé que la veille et tenait à la main une petite liasse de papiers.

— Ah ! vous devriez prendre exemple sur Stephano, reprit-il avec entrain. Il est déjà au travail ! Il y était même avant moi, ce matin. Lui, au moins, c'est un mordu. Alors que vous, aujourd'hui... Tenez, on croirait voir le naja dormeur de Kapurthala, dont la vitesse de pointe ne dépasse pas deux centimètres à l'heure ! Pourtant, aujourd'hui, ce n'est pas le travail qui manque. Sans compter que ce soir, j'aimerais aller voir *L'Abominable Zombie des neiges* à la séance de six heures. Alors accélérez un peu le mouvement, d'accord, les enfants ?

Violette songea soudain : « C'est maintenant ou jamais. Pour lui parler, c'est notre seule chance. »

Mais allait-il les écouter ? Il semblait tellement excité !

— À propos de Stephano, risqua-t-elle. Nous voudrions vous parler de lui, justement...

L'oncle Monty ouvrit de grands yeux, et il jeta un regard à la ronde, comme s'il redoutait des espions. Puis il s'inclina vers les enfants et chuchota :

— Oui, moi aussi, je voudrais vous parler de lui. J'ai des soupçons. Autant vous mettre au courant.

Les enfants se regardèrent, soulagés.

— Ah ? fit Klaus.

— Oui, souffla l'oncle. Hier soir, déjà, il m'a paru suspect. Il a quelque chose d'inquiétant, et surtout je... (Une fois de plus, il jeta un coup d'œil derrière lui, puis il parla plus bas encore, si bas qu'on l'entendait à peine.) Je crois que nous ferions mieux de sortir, d'accord ?

Les enfants acquiescèrent et se levèrent de table. Abandonnant la vaisselle sale – ce qui est à éviter, en règle générale, mais peut se tolérer en cas d'urgence –, ils suivirent l'oncle Monty dehors, à l'avant de la maison, comme si la conversation était destinée aux haies serpents.

— Sans me vanter, commença l'oncle Monty à mi-voix, je suis l'un des herpétologues les plus renommés du monde.

Klaus cligna des yeux. Étrange entrée en matière.

— Bien sûr, dit-il, mais nous...

— Et pour cette raison, hélas, poursuivit l'oncle, je fais l'objet de bien des jalousies.

— Rien d'étonnant, dit Violette, qui ne voyait pas où il voulait en venir.

— Et quand les gens sont jaloux, enchaîna l'oncle, hochant la tête, ils sont capables de n'importe quoi. Des pires folies. Du temps où je préparais ma maîtrise d'herpétologie, un de mes camarades était si jaloux du crapaud découvert par moi qu'il me le chipa et l'avala – oui, mon unique spécimen. Pour présenter cette espèce, je n'eus d'autre solution que de photographier aux rayons X l'estomac de mon voleur, et montrer les clichés au lieu de mon crapaud vivant. Eh bien, quelque chose me dit que nous pourrions nous trouver dans une situation du même genre.

— Je ne suis pas sûr de suivre très bien, hasarda Klaus.

Ce qui est une façon polie de dire : « Mais enfin, de quoi parlez-vous ? »

— Hier soir – vous étiez déjà couchés –, Stephano m'a posé une foule de questions sur mes serpents. Bien trop, si vous voulez mon avis. Et sur notre expédition, aussi. Savez-vous pourquoi ?

— Je crois que je sais, avança Violette, mais l'oncle donnait déjà la réponse :

— Parce que cet individu qui se fait appeler Stephano est en réalité un rival. Un membre de la Société d'herpétologie venu ici pour mettre la main sur la vipère mort-sûre du Bengale. Son but ? Me coiffer au poteau pour la présentation de cette espèce... Vous savez ce que signifie « coiffer au poteau », n'est-ce pas ?

— Non, répondit Violette, mais...

— Cela signifie qu'à mon avis Stephano cherche à me battre de vitesse. En toute malhonnêteté, bien sûr. Qu'il veut me voler la mégavipère et la présenter avant moi à la Société d'herpétologie, en prétendant l'avoir découverte lui-même. Comme il s'agit d'une espèce inconnue, je n'ai aucune preuve que c'est moi qui l'ai trouvée. Et vous verrez. En deux temps, trois mouvements, la vipère mort-sûre du Bengale sera rebaptisée « trigonocéphale de Stephano » ou quelque chose d'aussi atroce. Bien pire : avec cet état d'esprit, imaginez un peu ce qu'il fera de notre expédition au Pérou ! Chaque triton découvert, chaque flacon de venin prélevé, chaque serpent observé... le fruit entier de nos efforts tombera entre les mains de cet espion.

— Ce n'est pas un espion, Oncle Monty ! s'impatienta Klaus. C'est le comte Olaf !

— Oui, oui ! absolument ! s'écria l'oncle Monty. C'est un véritable comte Olaf, pour se comporter de cette manière. Mais les comtes Olaf, pour me rouler, ils peuvent toujours courir ! Et donc, voici ce que je vais faire. (Il brandit en l'air sa petite liasse de papiers.) Dès demain, comme vous le savez, nous partons pour le Pérou. Voici nos billets d'embarquement sur le *Prospero*, le beau navire qui nous emmènera en Amérique du Sud. Il y a un billet pour moi, un pour Violette, un pour Klaus, un pour Stephano – mais pas de billet pour Prunille, nous allons la cacher dans une valise, histoire de faire des économies...

— Dipo !

— Mais non, petite Prunille, je plaisante ! En revanche, je ne plaisante pas en faisant ce que voici...

Et l'oncle Monty, pourpre de colère, retira un billet de la liasse et entreprit, méthodique, de le déchiqueter en petits morceaux.

— Voilà. C'était le billet de Stephano. Il ne part pas avec nous, finalement. Demain matin, je lui annoncerai qu'il reste ici pour s'occuper de mes spécimens. De cette façon, nous aurons la paix pour accomplir une expédition fructueuse.

— Mais, Oncle Monty...

— Klaus ! Combien de fois faudra-t-il te dire qu'on ne coupe pas la parole ? C'est d'une extrême impolitesse. D'ailleurs, je le sais, ce qui t'inquiète. C'est l'idée de laisser Stephano seul avec la vipère mort-sûre du Bengale. Alors rassure-toi. La vipère ne risque rien. Pour la bonne raison qu'elle part avec nous, dans l'une de nos panières à serpents. Pourquoi fais-tu cette tête, Prunille ? Je croyais que tu serais ravie de voyager avec elle. Allons, allons, bambini, retrouvez votre sourire ! Ce Stephano ne nous nuira pas. Votre oncle Monty a la situation bien en main.

Lorsque quelqu'un commet une erreur légère – par exemple, quand le serveur met du lait écrémé dans votre café expresso machiato, au lieu de lait demi-écrémé –, il est souvent aisé de le reprendre, en lui expliquant le pourquoi et le comment de son erreur. Mais lorsque quelqu'un se trompe énormément – par exemple, quand le serveur vous mord le nez au lieu de prendre votre commande –, vous êtes en général si choqué que vous en restez muet. Tétanisé par l'énormité de l'erreur, vous clignez des yeux sans émettre un son. C'est ce que firent les enfants Baudelaire. L'oncle Monty se fourvoyait tellement au sujet de Stephano, avec son histoire échevelée d'herpétologue espion, que les enfants ne voyaient pas comment le détromper. Par quoi commencer ? Par quel bout prendre les choses ?

— Allons, venez maintenant, conclut l'oncle. Assez perdu de temps. Nous dev... aïe !

Et l'oncle s'effondra sur les genoux.

— Oncle Monty ! cria Klaus.

76

Un gros objet tombé du ciel avait frappé l'oncle à l'épaule, un objet luisant que les enfants idenfiaient à présent : c'était une lampe de cuivre, celle-là même que Klaus avait placée dans son alcôve, à côté du fauteuil rembourré.

— Nom d'un chien ! pesta l'oncle en se relevant. J'espère que je n'ai pas l'épaule amochée. (Il se pencha pour ramasser la lampe.) Encore heureux que je n'aie pas pris ça sur la tête !

— Mais... ça vient d'où ? s'inquiéta Violette.

— Ça a dû tomber d'une fenêtre, dit l'oncle en levant les yeux. C'est la chambre de qui, celle-ci ? Klaus, c'est la tienne, si je ne m'abuse. Il faut faire un peu attention, mon garçon. Jamais d'objet lourd sur un rebord de fenêtre, tu m'entends ? Vois ce qui a failli arriver.

— Mais cette lampe n'a jamais été près de ma fenêtre ! protesta Klaus. Je l'avais posée sur l'étagère de mon alcôve, pour pouvoir lire dans le fauteuil.

— Klaus, dit l'oncle Monty, solennel, en lui tendant la lampe, tu voudrais me faire croire que cette lampe a sauté toute seule jusqu'à la fenêtre, puis s'est jetée sur moi dans le vide ?

Va remettre ceci dans ta chambre, en lieu sûr s'il te plaît, et n'en parlons plus.

— Oncle Mon... voulut dire Klaus, mais Violette l'interrompit.

— Je viens avec toi, Klaus. Je vais t'aider à installer cette lampe de telle manière qu'elle ne bouge plus.

— Bien, mais n'y passez pas des heures, les prévint l'oncle Monty en se massant l'omoplate. Nous vous attendons dans le Laboratoire aux serpents. Viens, Prunille.

Ils regagnèrent l'intérieur tous les quatre et se séparèrent au pied de l'escalier. L'oncle obliqua vers le Laboratoire aux serpents, main dans la main avec Prunille. Klaus et Violette montèrent à l'étage.

— Je n'ai jamais mis cette lampe près de la fenêtre, grommela Klaus à mi-voix. Et tu le sais très bien !

— Évidemment, que je le sais, chuchota Violette. Mais va donc l'expliquer à l'oncle Monty ! Il croit dur comme fer que Stephano est un herpétologue espion. Tu sais comme moi que c'est Stephano qui a balancé cette lampe par la fenê...

— Oh ! que c'est futé de l'avoir deviné ! ricana une voix sur le palier.

Violette et Klaus, de surprise, manquèrent de laisser choir la lampe. C'était Stephano, bien sûr, ou le comte Olaf si vous aimez mieux, bref, le méchant de l'histoire, qui sortit de l'ombre et ajouta :

— Il est vrai que vous avez toujours été des enfants très futés. Un peu trop futés pour mon goût, je dois dire. Bah ! je ne vous aurai plus très longtemps dans les jambes.

Alors, Klaus vit rouge.

— Mais vous, futé, on ne peut pas dire que vous le soyez, ça non ! Cette lampe a failli nous tomber dessus, et je vous rappelle que s'il nous arrive quelque chose, à mes sœurs ou à moi, vous pouvez dire adieu à la fortune Baudelaire.

— Par Jupiter ! s'écria Stephano, découvrant ses dents jaunes dans un immense sourire. Si vraiment je voulais votre perte, les orphelins, à l'heure qu'il est je n'entendrais pas vos jolies voix. Non, non, je ne toucherai pas à un cheveu de vos petits crânes – pas dans cette maison, en tout cas. Vous n'avez rien à craindre de moi, mes agneaux. Nous attendrons d'être en lieu sûr, un lieu où les crimes laissent moins de traces.

— Et ce sera où ? ironisa Violette. Nous avons l'intention de vivre ici jusqu'à ma majorité.

— Ah tiens ? dit Stephano de son ton le plus doucereux. J'aurais pourtant juré que nous partions demain pour le Pérou.

— Nous partons, mais pas vous ! triompha Klaus, oubliant toute prudence. Oncle Monty a déchiré votre billet. Il se méfie de vous, alors il a changé le programme. Vous ne venez plus avec nous.

Le sourire de Stephano se métamorphosa à vue d'œil. Il montrait toujours ses dents jaunes, plus grandes que jamais, mais à présent c'était comme pour mordre. Ses yeux se firent si luisants que Klaus et Violette battirent des paupières.

— Ah oui ? Je ne compterais pas là-dessus, si j'étais vous, dit-il d'un ton mielleux. Un programme, ça peut toujours changer. Surtout en cas d'accident. Et les accidents, conclut-il, pointant vers la lampe un doigt maigre, il en arrive tous les jours.

Chapitre VI

Quand tout va de travers, même les meilleures choses sont gâchées. Il en fut ainsi, ce soir-là, pour *L'Abominable Zombie des neiges*, qu'en toute autre circonstance les enfants Baudelaire auraient adoré.

Tout l'après-midi, dans le Laboratoire aux serpents, les orphelins avaient ruminé leurs angoisses sous l'œil goguenard de Stephano, tandis que l'oncle Monty parlait, parlait, parlait – sans savoir qu'il s'adressait au comte Olaf, et non à un rival venu espionner ses travaux. En conséquence, ce soir-là, aucun des enfants n'était d'humeur à savourer une séance de cinéma. Le quatre-quatre de l'oncle

Monty étant décidément bien étroit, Klaus et Violette durent se tasser l'un contre l'autre et la pauvre Prunille s'asseoir sur les genoux osseux de Stephano ; mais les enfants, dans leur détresse, ne perçurent même pas cet inconfort.

Puis ils s'assirent en rang d'oignons dans la salle de cinéma, l'oncle Monty en bout de rangée et Stephano au milieu, s'empiffrant de pop-corn sans faire circuler le sac. Mais les enfants étaient trop anxieux pour avoir envie de pop-corn. Quand l'affreux zombie envahit l'écran, surgi de nulle part dans la neige, Violette ne sursauta même pas, trop occupée qu'elle était à imaginer comment Stephano allait embarquer sur le *Prospero* sans billet. Quand les autres zombies (ils étaient toute une bande) renversèrent les pieux protégeant le village, Klaus ne battit pas d'un cil, trop occupé qu'il était à se demander ce que Stephano avait insinué, à propos d'accidents. Et quand Gerta, la jeune laitière, pria gentiment les zombies d'arrêter de dévorer les villageois, Prunille, encore un peu petite pour suivre l'histoire (et la situation en général), n'écouta pas la réponse, trop occupée qu'elle était à chercher comment faire fuir

Stephano si loin que nul ne le reverrait. Dans la scène finale, zombies et villageois dansaient la farandole, mais les enfants n'avaient pas le cœur à l'allégresse. Sur le chemin du retour, l'oncle Monty essaya bien d'engager la conversation, mais ils répondirent par monosyllabes, puis cessèrent d'émettre un son.

Lorsque le petit quatre-quatre s'immobilisa entre les haies serpents, les enfants en fusèrent et filèrent à la maison sans même souhaiter bonne nuit à leur tuteur perplexe. Le cœur lourd, ils gravirent l'escalier, mais à l'étage ils renâclèrent à se séparer.

— Si on se mettait dans la même chambre, cette nuit ? suggéra Klaus à Violette. La nuit dernière, j'avais l'impression d'être en cage, à me tracasser tout seul dans la mienne.

— Moi aussi, reconnut Violette. Comme de toute manière on ne va pas dormir, autant ne-pas-dormir ensemble.

— Tikko, approuva Prunille, et elle suivit ses aînés.

Dans sa chambre, Violette se souvint soudain de sa joie en emménageant là, huit jours plus tôt. À présent, la vue sur les haies serpents lui semblait plus déprimante qu'exaltante, et le papier blanc au mur lui inspirait des angoisses plutôt que des idées de génie.

— Tes inventions n'ont pas beaucoup avancé, je vois, fit observer Klaus d'une voix douce. Et moi, je n'ai quasiment rien lu depuis l'arrivée de Face-de-rat. C'est simple, dès qu'il est par là, il étouffe l'imagination.

— Pas toujours, rectifia Violette. Quand on habitait chez lui, souviens-toi, tu avais lu ce gros livre sur les lois du mariage, et moi, j'avais mis au point un grappin, tout ça pour contre-carrer ses plans[1].

— Oui, se rappela Klaus, le front barré. Mais pour contrecarrer ses plans cette fois-ci, il faudrait d'abord savoir ce qu'il mijote. Comment préparer la riposte quand on ne sait même pas ce qui se trame ?

— Exact, reconnut Violette. C'est donc par là qu'il faut commencer : trouver ce qu'il a en tête. Récapitulons la situation. Le comte Olaf, sous le nom de Stephano, s'introduit dans une maison sous un faux prétexte, alors qu'il cherche en réalité à s'emparer de la fortune Baudelaire.

— Et une fois qu'il aura mis la main dessus,

1. Lire *Tout commence mal…*, tome 1

compléta Klaus, il compte bien se débarrasser des héritiers.

— Tadou, murmura gravement Prunille, ce qui signifiait sans doute : « Sinistre situation. »

— Cela dit, reprit Violette, il n'a pas intérêt à nous faire de mal ; sinon, adieu fortune. C'est pour ça qu'il a essayé de m'épouser, la dernière fois.

— Coup manqué. Encore heureux, remarqua Klaus avec un frisson. Le comte Olaf pour beau-frère ? Merci bien ! Mais cette fois il n'essaie pas de t'épouser, apparemment. Il a parlé d'accident.

— Oui, et d'endroit où les crimes laissent moins de traces, se souvint Violette, cherchant les termes exacts. Parions qu'il pensait au Pérou. Sauf qu'en principe il n'y va pas. Oncle Monty a déchiré son billet.

— Doug ! cria Prunille en tapant du poing par terre, et ce *doug* ressemblait fort à *flûte* ou *zut*, un de ces mots exaspérés que l'on prononce en désespoir de cause.

Prunille n'était pas seule au désespoir. Violette et Klaus avaient passé l'âge de crier *doug* ! en tapant du poing par terre, mais ils auraient donné cher pour pouvoir le faire. Et ils auraient donné cher aussi pour deviner les sinistres plans du comte Olaf. Mais plus encore, ils auraient donné cher pour s'éveiller, découvrir que, depuis l'incendie, tout n'avait été qu'un cauchemar, et se retrouver dans leurs vrais lits, avec leurs parents en vie.

Quant à moi, je donnerais cher pour pouvoir changer le cours de ce récit. J'ai beau être en sûreté, assis à mon bureau, loin, très loin du comte Olaf, il m'en coûte d'écrire ces lignes. Et peut-être, de votre côté, vaudrait-il mieux refermer ce livre et ne pas lire la suite de cette histoire navrante. Libre à vous d'imaginer, par exemple, qu'une heure plus tard les orphelins avaient déjoué les plans de Stephano. Libre à vous d'imaginer l'arrivée de la police avec gyrophares et sirènes, et Stephano emmené, menottes aux poings, pour moisir en prison jusqu'à la fin de ses jours. Libre à vous d'imaginer, même si c'est entièrement faux, qu'aujourd'hui encore les enfants Baudelaire vivent heureux auprès de leur oncle Monty. Ou même de croire, mieux encore, que leur longue suite de misères n'était bel et bien qu'un mauvais rêve.

Mais ceci n'est pas un roman rose, et je suis au regret de dire que les trois enfants passèrent la nuit sans dormir et trop angoissés pour dire un mot de plus. Si quelqu'un, au petit jour, avait mis l'œil à la serrure, il les aurait vus tous trois sur le lit, blottis comme oisillons au nid, le regard vide. Mais nul ne mit l'œil à la serrure. Quelqu'un frappa à la porte, en revanche. Quatre grands coups, à croire qu'il plantait des clous.

Les enfants clignèrent des yeux.

— C'est qui ? demanda Klaus, et sa voix rendait un son fêlé.

Pour toute réponse, la poignée tourna et la porte s'ouvrit sans hâte.

Stephano. C'était lui, dans ses habits fripés, les yeux luisants comme jamais.

— Debout, là-dedans ! En route pour le Pérou ! La bagnole est chargée, il reste tout juste la place pour trois orphelins, alors dépêchez-vous !

— Mais vous ne partez pas ! rappela Violette d'un ton qu'elle espérait ferme. On vous l'a dit hier.

Stephano leva les sourcils, ou plutôt l'endroit du front où ses sourcils auraient dû être.

— C'est votre oncle Monty qui ne part pas.

— Si vous croyez qu'on vous croit ! railla Klaus. Oncle Monty ne raterait cette expédition pour rien au monde.

— Allez le lui demander, dit Stephano de cet air amusé que les enfants connaissaient bien : les yeux rieurs et la mâchoire féroce. Hein, si vous alliez le lui demander ? Il est dans le Laboratoire aux serpents.

— On y va, déclara Violette. On sait très bien que jamais l'oncle Monty ne nous laisserait partir au Pérou seuls avec vous.

Elle sauta à bas du lit, tendit une main à sa sœur, l'autre main à son frère, et tous trois passèrent devant Stephano goguenard.

— On y va de ce pas, répéta Violette.

Stephano les salua d'une courbette.

Le corridor, étrangement muet, résonnait comme une coquille vide.

— Oncle Monty ? appela Violette sur le palier.

Rien ne répondit.

Hormis deux ou trois craquements de marches, un silence absolu régnait sur la demeure, un silence de maison abandonnée.

— Oncle Monty ? appela Klaus en bas de l'escalier.

Toujours rien.

S'étirant sur la pointe des pieds, Violette ouvrit la grande porte du Laboratoire aux serpents et les enfants se figèrent sur le seuil, hypnotisés par la lueur bleue du petit jour à travers les parois de verre. Dans cet éclairage insolite, les hôtes des cages n'étaient que des ombres chinoises qui somnolaient en tas informes ou rampaient sans bruit dans leurs logis.

Escortés par l'écho de leurs pas, les trois enfants s'enfoncèrent sous la verrière en direction de la bibliothèque, à l'autre bout de la salle. Ainsi baigné de lumière bleutée, l'endroit avait quelque chose d'étrange et de mystérieux, mais c'était une étrangeté amicale, un mystère rassurant. D'ailleurs, ils se rappelaient fort bien ce qu'avait dit l'oncle Monty : dans le Laboratoire aux serpents, à condition de ne pas se croire plus savant qu'on n'était, on ne risquait rien de fâcheux.

Mais cette remarque de l'oncle Monty, souvenez-vous, était chargée d'ironie dramatique. Le moment est venu de comprendre pourquoi.

En approchant de la bibliothèque, les enfants discernèrent comme une forme sombre dans un angle, du côté du coin lecture. Pris d'appréhension, Klaus alluma l'une des lampes de cuivre.

La forme sombre était l'oncle Monty. Il avait la bouche entrouverte, comme sous l'effet de la surprise, et les yeux grands ouverts, mais il semblait ne pas voir les enfants. Son teint, d'ordinaire coloré, était de la couleur du plâtre, et sous son œil gauche on distinguait deux petits trous, pareils à ceux... pareils à ceux que laissent les crochets d'un serpent.

— Divo soum ? demanda Prunille, en tirant sur l'une de ses jambes de pantalon.

L'oncle Monty ne bougea pas.

Dans le Laboratoire aux serpents, comme l'avait promis l'oncle, rien de fâcheux n'était arrivé aux enfants. Mais à lui, si.

Il était arrivé malheur à l'oncle Monty. Grand et funeste malheur.

Chapitre VII

Bonté divine ! susurra une voix familière. Les enfants se retournèrent et virent Stephano, sa valise noire à la main, le cadenas luisant dans le petit matin. Sa mimique horrifiée n'aurait trompé personne. C'était celle d'un mauvais acteur.

— Bonté divine, quel terrible accident ! Mordu par l'un de ses serpents. Pour celui qui le découvrira, quel choc terrible ce sera !

— Vous... tenta d'articuler Violette, mais elle eut un haut-le-cœur. Vous...

Stephano fit la sourde oreille.

— Naturellement, quand on découvrira le corps du regretté professeur Montgomery, on se demandera où sont passés ces orphelins répugnants qu'il avait recueillis sous son toit. Mais on n'en trouvera pas trace. Disparus. Envolés. À propos, il est temps de partir. Le *Prospero* quitte Port-Brumaille à cinq heures, et j'aimerais être le premier à bord. Histoire d'avoir le temps de boire à notre succès, à tous nos succès futurs.

Klaus ne pouvait détacher les yeux de l'oncle Monty, de son pauvre visage blême, plus pâle que la lune en plein jour.

— Vous avez osé faire ça ! dit-il d'une voix étranglée. Vous avez... Vous l'avez assassiné !

— Klaus ! protesta Stephano, s'approchant d'un pas tranquille. Là, franchement, tu m'étonnes. Fin comme tu l'es, tu ne vois donc pas que ton cher oncle a été piqué par un serpent ? Vois ces marques de crochets. Vois cette pâleur, ce regard fixe.

— Oh ! ça suffit ! lâcha Violette. Arrêtez de parler comme ça !

— Tu as raison, dit Stephano. Pas de temps à perdre en parlotes. Notre bateau nous attend.

— Parce que vous croyez qu'on va vous suivre ? lança Klaus, les traits crispés par ses efforts pour résister au désespoir. Jamais de la vie ! On reste ici jusqu'à l'arrivée de la police.

— Ah oui ? dit Stephano. La police prévenue comment ? Prévenue par qui ?

— Par nous, répondit Klaus.

Et il se dirigea vers la porte.

Stephano laissa choir sa valise et le cadenas tinta sur le dallage de marbre. En trois enjambées, il rattrapa Klaus et lui barra le passage, les yeux rouges de fureur.

— Les orphelins, cette fois, c'est fini ! Fini de mettre les points sur les i ! Paraît que vous êtes de vrais petits génies, tous les trois – alors, tâchez de comprendre une bonne fois ! (Plongeant la main dans son manteau, il en sortit son coutelas.) Vous le voyez, celui-là ? Eh bien ! il est encore moins patient que moi. Et je vous conseille de filer doux, sinon il entrera dans la danse. Est-ce assez clair pour vos petites caboches ? Et maintenant, ouste ! Tout le monde dans cette soi-disant jeep !

Si Klaus avait été lui-même, il n'aurait pas manqué de rappeler à Stephano qu'on ne devrait pas dire une « soi-disant jeep », mais une « prétendue jeep ». En effet, comment une voiture pourrait-elle se proclamer *jeep* elle-même ? Un « soi-disant Stephano », oui. Un « soi-disant objet inanimé », jamais !

Mais Klaus, dans sa terreur, avait la tête à l'envers. Ses sœurs aussi, d'ailleurs. Perdue dans ses pensées, Violette ne s'aperçut même pas que Stephano lui faisait trimbaler sa valise. Elle essayait de retrouver les derniers mots échangés avec l'oncle Monty et découvrait, le cœur serré, qu'on ne pouvait guère parler d'échange. Klaus ou elle-même avaient-ils seulement dit merci, la veille au soir, en sortant du cinéma ? Merci pour *L'Abominable Zombie des neiges*, merci pour tout ? Avaient-ils seulement dit bonne nuit ? Violette n'en aurait pas juré, et le remords lui pesait, plus lourd encore que la valise qu'elle traînait vers le quatre-quatre.

Stephano ouvrit la portière et, de la pointe de son coutelas, fit signe à Klaus et Prunille de se tasser sur la banquette arrière. Violette monta à l'avant, à la place du passager, la grosse valise noire sur ses genoux. L'espoir que le moteur refuserait de démarrer fut de courte durée.

Ce petit quatre-quatre, l'oncle Monty l'avait toujours bichonné. Il démarra au quart de tour.

En descendant l'allée entre les haies serpents, les enfants jetèrent un regard en arrière. À la vue du Laboratoire aux serpents, peuplée des spécimens réunis avec passion par leur oncle (et dans laquelle à présent il était lui-même une sorte de spécimen), ils se mirent à pleurer sans bruit.

La mort d'un être aimé est une chose étrange. Nous savons tous que notre temps sur terre est compté ; nous savons qu'un jour ou l'autre nous nous endormirons à jamais, pour ne plus nous éveiller. Et pourtant, c'est toujours un choc lorsque cette banalité touche un proche. C'est comme lorsqu'on gravit un escalier dans le noir et qu'on croit qu'il reste encore une marche alors qu'on a atteint le palier. On veut poser le pied sur la marche inexistante et, une fraction de seconde, on n'y comprend plus rien, égaré, incrédule, le temps de réajuster erreur et réalité.

En ces moments d'obscure chute dans le vide que provoque toute perte cruelle, les enfants Baudelaire ne pleuraient pas seulement leur oncle Monty, ils pleuraient leurs parents aussi. Qu'allaient-ils devenir ? Stephano, à l'évidence, avait assassiné sans scrupule l'homme chargé de veiller sur eux. Ils se retrouvaient seuls au monde. Qu'allait faire d'eux Stephano ? Et voilà que Stephano les traînait au Pérou. Qu'allait-il se passer là-bas ? Qui aurait l'idée de venir à leur rescousse au milieu de la jungle péruvienne ? Quel noir scénario tramait donc Stephano pour s'emparer de leur fortune et les supprimer ensuite ?

Ces questions étaient de graves questions, de celles qui monopolisent l'attention, si bien que les orphelins ne virent la petite voiture noire en face qu'au moment de la collision.

Il y eut un bruit de cymbales géantes, un bref concert de tôle froissée et de verre brisé, et, dans le choc, les trois enfants projetés en avant crurent se désintégrer en poussière. La valise sur les genoux de Violette voltigea contre son épaule, puis dans le pare-brise qui se craquela instantanément en élégante toile d'araignée. Stephano poussa un cri et donna un coup de volant à droite, puis à gauche. Mais les pare-chocs des deux véhicules étaient encastrés l'un dans l'autre, et tous deux partirent en crabe pour achever leur tango dans les orties du décor.

Un accident de la route est rarement un bienfait du ciel. Pourtant celui-là y ressemblait fort. Les haies serpents étaient encore visibles que le trajet vers Port-Brumaille paraissait déjà terminé !

La stupeur de Stephano laissa place à la rage pure.

— Espèce d'abruti de première classe ! Bougre de crétin d'empaillé !

Violette palpait son épaule meurtrie. Klaus et Prunille, projetés sur le plancher du quatre-quatre, se relevèrent avec précaution et regardèrent à travers le pare-brise craquelé.

Apparemment, l'autre véhicule n'avait à bord qu'un seul occupant ; mais c'était difficile à dire, car la petite voiture avait nettement plus souffert que le quatre-quatre. Le nez délicatement plissé en accordéon, elle avait perdu un œil, ainsi qu'un enjoliveur de roue qui tournoyait sur le bitume de la route des Pouillasses. Le conducteur, en costume gris sombre, s'évertuait à ouvrir sa malheureuse portière gondolée, tout en se débattant contre ce qui ressemblait à une quinte de toux. Il parvint enfin à s'extraire de ce qui restait de sa voiture et tira de sa poche un grand mouchoir blanc.

97

Klaus jaillit comme un ressort.

— Mr Poe ! C'est Mr Poe !

C'était en effet Mr Poe, entre deux quintes de toux comme à l'accoutumée. Les enfants étaient si heureux de le voir qu'ils en riaient malgré eux, malgré l'horreur de la situation.

— Mr Poe ! Mr Poe ! cria Violette, se contorsionnant sous la valise noire pour ouvrir la portière.

Mais Stephano la rattrapa par l'épaule. Les yeux luisants comme ceux d'un rat, il regarda chacun des enfants tour à tour et siffla, féroce :

— Ça n'y change rien, vous m'entendez ? Rien ! Petit sursis pour vous, c'est tout. Nous repartirons à temps pour embarquer sur le *Prospero*, faites-moi confiance. Alors, silence !

— C'est ce qu'on verra, répondit Violette, puis elle se coula sous la valise et sortit. Mr Poe !

Klaus ouvrit la portière de son côté et suivit son aînée, Prunille sur la hanche.

— Vio... Violette ? s'écria Mr Poe. Violette Baudelaire ? C'est toi, Violette ? Oh ! Et Klaus ?

— Oui, Mr Poe, répondit Violette, c'est nous ! Tous les trois. Oh ! Mr Poe, quelle chance que vous nous soyez tombé dessus !

— Façon de parler, grommela Mr Poe. De toute façon, c'est l'autre conducteur qui est en faute. C'est lui qui m'est tombé dessus ! Les assurances...

— Dites ! Vous avez du culot ! rugit Stephano qui descendait de voiture à son tour et plissait le nez contre les effluves de moutarde.

Il chargea en direction de Mr Poe et, à vue d'œil, passa de la colère noire à la plus grande amabilité.

— Oh ! Je suis terriblement navré, dit-il d'une petite voix contrite. Tout ceci est ma faute. Si vous saviez ! Je suis tellement bouleversé par ce qui vient de se passer. J'espère que vous n'êtes pas blessé, Mr Noe.

— Poe, rectifia Mr Poe. Ebenezer Poe. Non, je n'ai rien. Apparemment nous sommes tous indemnes, le ciel soit loué. J'aimerais pouvoir en dire autant de ma voiture. Mais qui êtes-vous ? Et que faites-vous avec les enfants Bau...

— Je vais vous le dire, moi, qui c'est ! trancha Klaus. Il...

— Klaus ! le rappela à l'ordre Mr Poe. Ça ne se fait pas de couper la parole. On te l'a déjà dit, il me semble.

— Je me présente, intervint Stephano, tendant la main à Mr Poe. Stephano. Enchanté. Je suis – enfin, j'étais – l'assistant du professeur Montgomery.

Mr Poe fronça le sourcil.

— Comment cela, vous étiez ? Avez-vous donc été congédié ?

— Pas du tout. Mais il se trouve que le professeur... commença Stephano, puis sa voix s'altéra comme s'il était trop peiné pour parler. Je suis désolé... Si vous voulez bien m'excuser...

Il se détourna pour se tamponner les yeux, le temps d'adresser aux orphelins une grimace qui en disait long, puis il reprit, des larmes dans la voix :

— Il se trouve que le professeur Montgomery, voyez-vous, a eu un terrible accident... J'ai le regret de vous en informer, le professeur Montgomery n'est plus de ce monde, bien cher Mr Joe.

— Poe. Ebenezer Poe. Plus de ce monde ? Mais c'est affreux ! Qu'est-il donc arrivé ?

— Nous l'ignorons, à vrai dire. On jurerait une morsure de serpent, mais moi, les serpents, vous savez, je n'y connais rien du tout. Voilà pourquoi je me rendais en ville. Pour aller chercher un docteur. Et les enfants semblaient si bouleversés… Je n'ai pas voulu les laisser seuls.

— C'est faux ! s'écria Klaus. Il ne nous emmène pas chercher un docteur, il nous emmène au Pérou !

Stephano prit Mr Poe à témoin.

— Voyez ce que je disais ? Ces petits sont en état de choc. Ils devaient partir avec le professeur aujourd'hui même, pour le Pérou justement.

— Oui, j'étais au courant, dit Mr Poe. C'est pourquoi je me dépêchais de monter ici ce matin, pour leur apporter leurs affaires… Klaus, je sais que tu es bouleversé, mais, s'il te plaît, essaie de comprendre : le professeur Montgomery est mort, l'expédition annulée.

— Mais, Mr Poe, vous ne…

— Je t'en prie, Klaus. Calme-toi. Laisse les adultes prendre les choses en main. Il est clair qu'il faut prévenir un médecin.

— Absolument, renchérit Stephano. Euh, si vous poursuiviez jusqu'à la maison, Mr Poe ? Pendant ce temps, les enfants et moi filons chercher un médecin.

— Kouzy ! lança Prunille, ce qui signifiait sans doute quelque chose comme : « Pas question ! »

— Si nous allions plutôt ensemble à la maison, suggéra Mr Poe, afin d'appeler un médecin ?

Stephano cligna des paupières, et un éclair de fureur passa sur ses traits. Mais il se ressaisit et dit d'une voix douce :

— Appeler, mais bien sûr ! Où avais-je la tête ? Visiblement, moi aussi, cette affaire m'a tourneboulé. Un coup de fil suffisait. Non que cela eût changé grand chose pour ce pauvre cher professeur, hélas ! Les enfants, remontez dans le quatre-quatre, Mr Poe va nous suivre.

— Remonter avec vous ? Pas question ! annonça Klaus, catégorique.

— Klaus, dit Mr Poe. S'il te plaît. Essaie de comprendre un peu. Il y a eu un accident grave. Toute autre considération est sans importance. Le seul problème, c'est que ma voiture ne va sûrement pas redémarrer. Le capot me paraît très enfoncé.

— Essayez quand même, insista Stephano.

Mr Poe se rassit au volant et mit le contact. Le moteur laissa échapper un ricanement, puis toussota – on aurait cru entendre Mr Poe. Mais il refusa de démarrer.

Mr Poe passa la tête à la portière.

— Ce moteur a eu son compte, j'en ai peur !

— Ouais, marmotta Stephano à l'intention des enfants. Et, avant longtemps, ce sera votre tour.

— Permettez ? dit Mr Poe. Je n'ai pas entendu.

Stephano eut un sourire de requin.

— Je disais : en effet, il ne démarre pas au quart de tour. Bon, si je ramenais ces enfants à la maison ? Vous n'aurez qu'à nous rejoindre à pied. Le quatre-quatre est trop petit pour nous tous.

Mr Poe se fit soucieux.

— Mais j'ai les valises des enfants, moi, ici. Ça m'ennuie de les laisser sans surveillance. Si nous les mettions dans le quatre-quatre ? Les enfants et moi pouvons gagner la maison à pied.

Stephano plissa le front.

— Rhmm. Il vaudrait mieux qu'un des enfants remonte avec moi... Qu'au moins je sois sûr de retrouver le chemin.

Mr Poe eut un petit rire.

— Retrouver le chemin ? On voit la maison d'ici.

— Ce qu'il y a, intervint Violette qui attendait le moment de glisser son grain de sel, c'est que Stephano ne veut surtout pas nous laisser seuls avec vous. Il a trop peur qu'on vous dise qui il est en réalité et ce qu'il mijote en douce.

Mr Poe se tourna vers Stephano.

— De quoi parle-t-elle ?

Stephano haussa une épaule.

— Aucune idée, Mr Toe.

Et il coula vers Violette un regard qui valait tous les discours. Violette prit son souffle un grand coup.

— Mr Poe, dit-elle d'un trait, cet homme n'est pas Stephano. C'est le comte Olaf, venu ici pour nous enlever.

— Qui, moi ? Je suis qui ? Venu ici faire quoi ?

Mr Poe hocha la tête.

— Pardonnez-leur. Pauvres petits ! Ils sont tout retournés. Le comte Olaf, voyez-vous, est un sinistre individu qui a tenté de s'emparer de leur fortune. Ils en ont une peur bleue.

— Est-ce que je ressemble à ce comte Olaf ? s'informa Stephano, les yeux étincelants.

— Pas le moins du monde, rassurez-vous. Le comte Olaf a les sourcils soudés, très épais, et le menton glabre. Vous portez la barbe et, sauf votre respect, vous n'avez pour ainsi dire pas de sourcils.

— Il les a rasés, glissa Violette. Et il s'est laissé pousser la barbe. Ou bien elle est fausse. C'est facile à voir.

— Et il a le tatouage ! ajouta Klaus. L'espèce d'œil tatoué, sur la cheville. Vous pouvez regarder !

Mr Poe, fort embarrassé, se tourna vers Stephano.

— Je suis vraiment désolé, cher monsieur, mais ces enfants sont tellement tourneboulés... Montrez-leur au moins qu'ils se trompent. Faites-nous voir cette cheville, voulez-vous ?

— Volontiers, dit Stephano avec son sourire de requin. La droite ou la gauche ?

Klaus ferma les yeux et réfléchit une seconde.

— La gauche.

Stephano posa le pied gauche sur le pare-choc du quatre-quatre. Puis, de ses mains aux ongles jaunes, il saisit son revers de pantalon.

Quatre paire d'yeux se braquèrent sur sa cheville.

La jambe de pantalon remonta, remonta, tel le rideau avant le spectacle. Mais, sur la cheville dénudée, pas l'ombre d'un tatouage n'apparut. Il n'y avait rien d'autre à voir qu'une banale surface de peau, aussi blême, aussi crayeuse que le visage de ce pauvre oncle Monty.

Chapitre VIII

Derrière le quatre-quatre bringueba-
lant, les enfants Baudelaire rega-
gnaient la maison aux côtés de
Mr Poe, la moutarde au nez et la rage au cœur.
On est toujours très désemparé lorsqu'on vient
de se faire démontrer par A + B qu'on a tort,
surtout lorsqu'en réalité on a raison, et que c'est
la personne en tort qui a démontré qu'on avait
tort, démontrant, à tort, qu'elle avait raison.
Ai-je tort ?

— Ce que j'aimerais bien savoir, c'est
comment il a fait pour se débarrasser
de ce tatouage, bougonnait Klaus tandis
que Mr Poe toussotait dans son mouchoir
blanc. N'empêche, c'est le comte Olaf.
Ça crève les yeux, c'est lui !

— Klaus, dit Mr Poe en rempochant son mouchoir. Tu sais que tu es fatigant, à radoter comme un vieux grand-père ? Nous venons tous de voir la cheville de Stephano, parfaitement immaculée. Immaculé, c'est-à-dire...

— On le sait, ce qu' « immaculé » veut dire ! éclata Klaus, les yeux sur Stephano qui descendait du quatre-quatre et disparaissait prestement à l'intérieur de la maison. Ça veut dire sans tatouage, sans rien. Mais c'est quand même le comte Olaf. Faut être aveugle pour ne pas le voir !

— Moi, je vois ce que j'ai sous les yeux. J'ai sous les yeux un barbu, sans sourcils, sans tatouage, et ce n'est pas le comte Olaf. De toute manière, même si par extraordinaire ce Stephano vous voulait du mal, vous n'auriez absolument rien à craindre. Le décès du professeur Montgomery est un accident tragique, mais il va de soi qu'il n'est pas question de laisser son associé se charger de vous. Un homme qui n'arrive même pas à se souvenir de mon nom !

Klaus jeta un regard à ses sœurs et ravala un soupir. Discuter avec Mr Poe ? Autant discuter avec les haies serpents ! Son opinion était faite, il n'en démordrait pas.

108

Violette s'apprêtait à tenter de raisonner Mr Poe lorsqu'un coup d'avertisseur dans leur dos les fit sursauter tous les quatre. Ils se jetèrent sur le bas-côté, à temps pour laisser passer une petite auto grise roulant à fond de train. Le véhicule fit halte devant la maison et son conducteur en sortit, un grand escogriffe en blouse blanche.

Mr Poe pressa le pas et aborda l'inconnu :

— À qui ai-je l'honneur, je vous prie ?

— Dr Flocamot, pour vous servir, répondit l'arrivant, désignant sa blouse blanche d'une grande main un peu raide. On m'a appelé pour un accident. Morsure de serpent, si j'ai bien compris.

— Et... vous êtes déjà là ? s'étonna Mr Poe. Stephano doit à peine avoir eu le temps de vous joindre ! Comment se fait-il...

— Dans l'urgence, cher monsieur, la vitesse est d'or, ne croyez-vous pas ? S'il doit y avoir autopsie, le plus tôt sera le mieux.

— Bien sûr, bien sûr. Simplement, je suis surpris. Votre célérité m'impressionne.

— Où est le mort, que j'aille le voir tout de suite ?

— Stephano va vous le dire, répondit Mr Poe.

Et il passa devant l'arrivant pour aller ouvrir la porte.

Stephano accueillit son monde dans l'entrée, une cafetière à la main.

— Je vais commencer par nous faire un café. Qui en veut ?

— J'en prendrai volontiers une tasse ! se réjouit le Dr Flocamot. Rien de tel qu'un bon petit noir pour se mettre en train.

Mr Poe parut choqué.

— Vous ne commencez pas par examiner défunt ?

— Euh, oui, cher Dr Flocamot, approuva Stephano. Dans l'urgence, la vitesse est d'or, ne croyez-vous pas ?

— Très juste, admit le Dr Flocamot.

— Ce pauvre professeur est dans le Laboratoire aux serpents, indiqua Stephano, montrant la direction. Veuillez procéder à un examen complet, après quoi vous reviendrez prendre votre café.

— À votre service, s'inclina le Dr Flocamot.

Et, d'une main raide, il ouvrit la grande porte de la serre. Stephano convia Mr Poe à la cuisine et les orphelins suivirent le mouvement, la mine sombre.

Lorsqu'on se sent parfaitement inutile et impuissant, on dit parfois qu'on est « la cinquième roue du carrosse ». L'image se passe d'explication ; un carrosse à quatre roues n'a que faire d'une cinquième. Assis à cette table où ils avaient, huit jours plus tôt, savouré le gâteau à la noix de coco de l'oncle Monty, Violette, Klaus et Prunille se sentaient comme autant de roues de carrosse en trop. Et, dans les vapeurs de café, ils sentaient aussi que le carrosse fonçait dans la pire direction : droit vers les quais de Port-Brumaille, droit vers le *Prospero* en partance.

— Au téléphone, disait Stephano, quand j'ai joint le Dr Flocamot, je lui ai parlé aussi de vos ennuis mécaniques. Dès qu'il aura terminé ses examens médicaux, il vous ramènera en ville, cher Mr Poe, pour aller chercher un dépanneur. Je resterai ici avec les orphelins.

— Sûrement pas, dit Klaus d'un ton sans réplique. Pas question de rester seuls avec vous ! Pas une seconde !

Mr Poe sourit aimablement à Stephano qui versait le café, puis se tourna vers Klaus, sévère.

— Klaus ! Je veux bien croire que tu sois choqué, mais ce n'est pas une raison pour manquer de politesse envers Mr Stephano. Présente-lui tes excuses immédiatement.

— Non.

— Laissez, Mr Foe, dit Stephano d'un ton conciliant. Ces enfants sont très choqués par le meurtre du professeur Montgomery. N'attendons pas d'eux une conduite exemplaire.

— Meurtre ? s'écria Violette, scrutant les traits de Stephano pour tenter de lire au travers. Vous avez dit meurtre, Stephano ?

Stephano durcit la mâchoire, ses mains se crispèrent sur la cafetière. Une fraction de seconde, il parut prêt à étriper Violette.

— Quoi, j'ai dit meurtre ? Je voulais dire mort, bien sûr. Ma langue a fourché.

— Et c'est bien compréhensible, dit Mr Poe, sirotant son café. Étant donné les circonstances... Nous avons tous un peu la tête à l'envers. J'y pense : les enfants peuvent fort bien faire le trajet avec le Dr Flocamot et moi, s'ils préfèrent.

— Je crains qu'il n'y ait pas de place pour eux, objecta Stephano, un éclair dans les yeux. La voiture du docteur est vraiment très petite. En revanche, s'ils tiennent tant à venir, je peux les prendre dans le quatre-quatre et nous vous suivrons chez un garagiste.

Les enfants se consultèrent du regard en réfléchissant ferme. C'était comme un jeu très très compliqué, avec des enjeux très très élevés. Le but du jeu était de ne pas se laisser coincer seuls avec Stephano. S'ils perdaient cette manche, c'était le Pérou, en tête à tête avec ce monstre. Ensuite... Mieux valait ne pas songer à la suite et se concentrer sur l'affaire en cours : empêcher la chose d'arriver.

Au fond, leur vie se jouait sur une amusette, un casse-tête du type chèvre et chou : deux véhicules et six personnes à caser dedans, le plus astucieusement possible. Il est vrai que le fil de la vie ne tient souvent qu'à ce genre de détail.

— Et si nous montions plutôt dans la voiture du Dr Flocamot ? suggéra Violette prudemment. Mr Poe ferait le trajet avec Stephano.

— Mais pourquoi donc ? demanda Mr Poe.

— Euh, j'ai toujours rêvé de voir l'intérieur d'une voiture de docteur, répondit Violette, sachant fort bien que le prétexte ne tenait guère la route.

— Oh ! moi aussi, renchérit Klaus. S'il vous plaît, on peut faire le trajet avec le Dr Flocamot ?

— Impossible, malheureusement ! répondit le Dr Flocamot en personne, à la surprise générale car nul ne l'avait entendu revenir. Pas tous les trois à la fois, en tout cas. Je viens de charger dans ma voiture le corps du professeur Montgomery, ce qui ne laisse de place, au maximum, que pour deux passagers de plus.

— Vous en avez déjà terminé ? s'étonna Mr Poe.

— Des premiers examens, oui. J'emporte le corps en ville pour des examens plus poussés, mais il s'avère d'ores et déjà que le professeur est décédé des suites d'une morsure de serpent. Je prendrais bien ce café qui reste.

— Évidemment, dit Stephano, saisissant la cafetière.

— Qu'est-ce qui vous permet d'en être sûr ? demanda Violette au docteur.

Le Dr Flocamot prit un air étonné.

— Comment ça, ce qui me le permet ? Je suis sûr qu'il reste du café puisque je le vois là, sous mon nez.

— Ce n'était pas la question de Violette, je pense, dit Mr Poe. Elle veut savoir ce qui vous prouve que le professeur Montgomery est décédé d'une morsure de serpent.

— J'ai retrouvé dans son sang le venin du

mamba du mal, l'un des plus venimeux de tous les serpents de la terre.

Mr Poe se raidit.

— Cela signifie-t-il... qu'un serpent venimeux se balade dans cette maison ?

— Non, non, rassurez-vous, dit le Dr Flocamot. Le mamba du mal est en sûreté dans sa cage. Il a dû s'en échapper, mordre le professeur Montgomery et regagner sa cage en la refermant sur lui.

Violette sursauta.

— Quoi ? Ça ne tient pas debout ! Un serpent, remettre en place un verrou ?

— Peut-être que d'autres serpents lui ont donné un coup de main, comment le saurais-je ? répondit le Dr Flocamot, très calme, lapant son café en connaisseur. Je pourrais avoir un petit morceau à manger ? Je suis venu si précipitamment que je n'ai rien avalé depuis hier.

— Tout de même, glissa Mr Poe, votre hypothèse me paraît un peu bizarre, à moi aussi.

Mais le Dr Flocamot, le dos tourné, inventoriait le contenu d'une caisse à provisions qui attendait là, prête pour l'expédition.

— D'après mon expérience, dit-il sans se

retourner, les accidents tragiques ont souvent l'air bizarres.

— Ça ne peut pas être un accident ! déclara brusquement Violette. Oncle Monty est l'un... était l'un des plus grands herpétologues au monde. Jamais il n'aurait mis un serpent venimeux dans une cage que ce serpent risquait d'ouvrir tout seul.

— Si ce n'est pas un accident, dit le Dr Flocamot, farfouillant dans la caisse, qui donc aurait pu vouloir supprimer le professeur Montgomery ? À l'évidence, ni toi, ni ton frère, ni votre petite sœur. Et la seule autre personne dans cette maison au moment des faits était Stephano.

— Or il se trouve, enchaîna Stephano, que je ne connais rien aux serpents. Je travaille ici depuis moins de deux jours, à peine si j'ai eu le temps d'apprendre deux ou trois détails.

— Oui, dit Mr Poe, la thèse de l'accident est la seule vraisemblable. Je suis bien navré, les enfants. Le professeur Montgomery semblait un excellent tuteur pour vous.

— Oh ! il était bien plus, murmura Violette doucement. Bien, bien plus qu'un excellent tuteur.

— Dites donc ! Laissez ça ! aboya soudain Klaus, hors de lui, au Dr Flocamot qui sortait une boîte de la caisse. C'est à l'oncle Monty ! Arrêtez de piller ses affaires !

— J'allais juste goûter à ces pêches au sirop.

Dans ses grandes mains raides, le docteur tenait l'une des boîtes que l'oncle Monty avait rapportées avec des mines gourmandes, pas plus tard que l'avant-veille.

— S'il vous plaît, docteur, le pria courtoisement Mr Poe. Les enfants sont très contrariés. Je suis sûr que vous le comprenez. Violette, Klaus et Prunille, voulez-vous bien sortir de la pièce un petit instant ? Nous avons à discuter de mille choses, et vous êtes à l'évidence trop secoués pour prendre part à la discussion. Bien, et maintenant, Dr Flocamot, essayons d'y voir clair. Dans votre voiture, vous avez place pour deux passagers, en plus du professeur Montgomery. Et vous, Stephano, vous avez trois places.

— Absolument, et c'est donc très simple, enchaîna Stephano. Vous montez dans la voiture du Dr Flocamot avec le corps du regretté professeur, et je vous suis en quatre-quatre avec les enfants.

— Jamais ! lança Klaus.

— Enfants Baudelaire ! dit Mr Poe d'un ton sec. Si vous alliez faire un petit tour dehors, hmm ? S'il vous plaît.

— Non ! s'obstina Klaus.

— Afoup ! lança Prunille sur le même ton.

Ce qui signifiait « Non ! » aussi, très probablement.

Mais Violette fit un pas en avant et dit :

— Bon, d'accord ! On y va.

Et, prenant sa petite sœur sous le bras et son jeune frère par la main, elle les entraîna hors de la cuisine.

Klaus et Prunille la regardèrent, surpris. Quelque chose en elle avait changé. Au lieu d'un air de chien battu, elle avait la mine résolue et marchait d'un pas de hussard, comme pour combler un retard.

Contrairement à Klaus qui, adulte, devait souffrir d'insomnies répétées à la pensée de n'avoir pas saisi la balle au bond, Violette venait de repérer une balle, et celle-là ne lui échapperait pas. Oui, prendre un peu le large comme on venait de les y convier était une excellente idée. Une idée qui lui en soufflait d'autres.

— Qu'est-ce qui te prend ? demanda Klaus. On va où ?

Et Prunille leva vers sa sœur un petit minois interrogateur.

Mais Violette, sans un mot, accéléra le pas. Droit vers le Laboratoire aux serpents.

Chapitre IX

Dans la grande serre aux reptiles, rien n'avait vraiment changé. Les pensionnaires du lieu étaient toujours dans leurs cages, les livres sur leurs rayonnages, et le soleil matinal entrait à flots par les parois de verre. Pourtant, l'endroit n'était plus le même. Le Dr Flocamot avait eu beau enlever le corps sans vie de l'oncle Monty, le Laboratoire aux serpents ne semblait plus aussi avenante que naguère. Elle ne le serait sans doute plus jamais. Ce qui se passe en un lieu peut entacher à jamais nos sentiments pour ce lieu, de même que l'encre s'incruste dans une étoffe. On a beau laver, relaver, on a beau s'efforcer d'effacer les souvenirs, l'encre et la mémoire des choses laissent des marques indélébiles.

— Je n'entre pas, déclara Klaus. L'oncle Monty est mort ici.

— Je le sais bien, dit Violette. Moi aussi, j'aimerais mieux ne plus mettre les pieds ici. L'ennui, c'est que nous avons des choses à y faire.

— Comme quoi, par exemple ?

Violette se durcit.

— Par exemple, tout ce que Mr Poe aurait déjà dû faire, lui. Sauf que, comme toujours, il déborde de bonnes intentions mais n'est d'aucun secours.

Là, c'était dit. Les enfants soupirèrent. Cette remarque, jamais formulée, leur avait traversé l'esprit bien des fois depuis le jour où Mr Poe avait pris leurs affaires en main.

— Mr Poe, reprit Violette, refuse de croire que Stephano et le comte Olaf ne font qu'un. En revanche, il croit dur comme fer que l'oncle Monty est mort par accident. À nous de lui démontrer qu'il se trompe. Sur les deux points.

— Mais Stephano n'a pas de tatouage à la cheville, hésita Klaus. Et le Dr Flocamot a trouvé du venin de mamba dans le sang de l'oncle Monty.

— Je sais, je sais, s'impatienta Violette. Le coup est bien monté. N'empêche. Nous, nous savons la vérité ; et, pour convaincre les adultes, il nous faut trouver des preuves de ce que mijote Stephano.

— Si seulement on les avait trouvées plus tôt, ces preuves, fit remarquer Klaus d'un ton sombre. Peut-être qu'on aurait pu sauver la vie d'Oncle Monty.

— Ça, on n'en saura jamais rien, murmura Violette, parcourant des yeux cette serre dans laquelle leur oncle avait travaillé toute sa vie. Mais au moins, si nous arrivons à faire arrêter Stephano pour meurtre, ça l'empêchera de faire du mal à d'autres.

— Y compris nous, souligna Klaus.

— Y compris nous, tout à fait d'accord. Bon, et maintenant, Klaus, il faut que tu cherches dans cette bibliothèque toutes les infos possibles sur le mamba du mal. Dès que tu trouves quelque chose, tu me préviens.

— Mais il y a de quoi y passer des jours et des jours ! protesta Klaus, effaré pour la première fois devant des livres alignés.

— Des jours et des jours, on n'a pas ça devant nous. Pas même des heures et des heures. À cinq heures cet après-midi, le *Prospero* appareille, et Stephano va tout faire pour être à bord, et nous avec. Si le cœur te dit de partir avec lui...

— Bon, bon, grogna Klaus. Compris. Tiens, prends celui-ci, je commence par celui-là.

— Je ne prends rien du tout, dit Violette. Pendant que tu potasses les bouquins, je monte dans la chambre de Stephano, voir si je peux trouver quelque chose.

— Dans sa chambre ? Toute seule ?

— Aucun danger, assura Violette qui n'en était pas si sûre. Bon, j'y vais. Bonne pioche, vieux ! Et toi, Prunille, tu surveilles la porte et tu mords quiconque essaie d'entrer.

— Akroik ! lança Prunille, ce qui signifiait sans doute : « Compris, chef ! »

Violette s'éclipsa. Prunille s'assit à côté de la porte, ses petites dents prêtes à mordre. Klaus gagna le coin bibliothèque, avec un détour pour éviter le secteur des serpents venimeux. Même le fameux mamba du mal, il ne tenait pas à lui jeter un coup d'œil. Il avait beau savoir que le malheureux reptile n'avait été, sans doute, qu'un instrument aux mains d'un assassin, il aimait mieux ne pas voir celui qui avait mis fin à leur bonheur tout neuf auprès de l'oncle. Il soupira, ouvrit un livre et, comme chaque fois qu'il éprouvait le besoin de s'évader, il s'absorba dans sa lecture.

Pendant ce temps, Violette s'attaquait à la mission qu'elle s'était donnée.

Pour commencer, elle retourna du côté de la cuisine, afin de tendre l'oreille à la porte. Comme chacun sait, l'art d'écouter aux portes est d'abord l'art de ne pas être pris. Elle avança à pas de velours, évitant les lames de parquet qui grinçaient. Devant la porte, elle tira son ruban de sa poche et le jeta par terre : si quelqu'un surgissait, elle pouvait toujours prétendre être venue le ramasser, après l'avoir perdu au passage. (C'était un vieux truc qu'elle avait inventé enfant, pour espionner les adultes en période de cadeaux. Comme tous les vrais bons trucs, il était inusable.)

— Mais, cher Mr Poe, disait le Dr Flocamot, si Stephano fait le trajet avec moi dans ma voiture, et si c'est vous qui conduisez le quatre-quatre, êtes-vous bien certain de trouver votre chemin ?

— Objection valable, répondait Mr Poe. Mais, voyez-vous, je ne crois pas que Prunille accepte de faire le voyage sur les genoux du professeur

Montgomery. S'il était vivant, pas de problème ; mais là, non. Il faut trouver une autre solution.

— J'ai une idée, dit Stephano. Je prends les enfants dans la voiture du Dr Flocamot, et le docteur Flocamot fait le trajet avec vous et le professeur Montgomery dans le quatre-quatre.

— Impossible, j'en suis navré, dit le Dr Flocamot gravement. Les règlements municipaux n'autorisent que moi à conduire ma voiture.

— Et nous n'avons pas encore évoqué la question des bagages des enfants, rappela Mr Poe.

Violette se redressa. Elle en avait entendu assez. Oui, elle avait le temps de faire un saut dans la chambre de Stephano. Tout doux, tout doux, elle gravit l'escalier et se faufila jusqu'à la porte fatidique, celle devant laquelle Stephano avait monté la garde, l'avant-veille.

Là, malgré elle, Violette se figea. Curieux comme tout ce qui touchait au comte Olaf avait le don de vous glacer le sang. Il était tellement odieux que sa porte même l'était aussi. Pour un peu, Violette aurait espéré l'entendre monter l'escalier ; alors elle n'aurait pas eu à entrer dans cette pièce redoutée. Mais elle se souvint que sa mission était affaire de vie ou de mort – pour elle comme pour Klaus et Prunille. Ce genre de pensée, d'ordinaire, vous procure des ressources insoupçonnées. L'aînée des Baudelaire, rassemblant son courage, mit la main sur la poignée et poussa la porte.

Comme elle s'en était doutée, la pièce était une vraie porcherie. Lit défait, bien évidemment, draps constellés de miettes et de poils. Après deux jours d'occupation, le sol était déjà jonché de linge sale et de journaux éparpillés. Sur la commode s'alignaient six ou sept bouteilles de vin, vides ou aux trois quarts vides. Le fauteuil disparaissait sous un monceau de vêtements. Dans la penderie béante, les cintres nus se berçaient au gré des courants d'air. Quant aux rideaux décrochés, fripés et roulés en boule, on aurait juré que Stephano s'était mouché dedans.

Mais rien de tout cela ne fournissait l'ombre d'une pièce à conviction. Campéc au beau milieu, Violette inspectait ce fatras. Tout y était repoussant, rien n'y était révélateur. Soudain, Violette songea au jour où elle s'était retrouvée captive avec Klaus dans l'antre du comte Olaf, en haut de sa tourelle. Ce n'était pas un bon souvenir, surtout avec Prunille en cage, mais ce bref séjour s'était révélé fructueux. Klaus et elle avaient découvert des indices qui leur avaient permis de se tirer de ce mauvais pas.

Hélas, cette fois, elle avait beau chercher des yeux, elle ne voyait rien d'autre que ce désordre éhonté. Mais où donc, où donc trouver des preuves de la duplicité de Stephano, des évidences capables de convaincre Mr Poe ? Découragée, et redoutant de s'être déjà trop attardée, Violette redescendit sans bruit.

— Non, c'est vrai, disait Mr Poe lorsqu'à nouveau elle tendit l'oreille à la porte de la cuisine. Non, le professeur Montgomery ne peut pas prendre le volant. Il est mort. Il doit y avoir moyen de s'arranger autrement.

— Je vous l'ai dit au moins cent fois, répondit Stephano dont la voix montait, sa patience en baisse. Le plus simple est que je parte devant, en quatre-quatre, avec les trois enfants, et que vous nous suiviez avec le Dr Flocamot et le défunt. Est-ce donc si compliqué ?

— Vous avez peut-être raison, capitula Mr Poe.

Violette courut au Laboratoire aux serpents.

— Klaus ? Klaus, tu as trouvé quelque chose, j'espère ! Moi, j'ai fait chou blanc dans la chambre de Stephano, et maintenant, je crois, Stephano va nous emmener avec lui dans le quatre-quatre.

Klaus répondit d'un sourire énigmatique et se mit à lire à voix haute :

— « Le mamba du mal est l'un des serpents les plus redoutés de tout l'hémisphère Sud, réputé pour son étreinte strangulatoire, qu'il utilise en conjonction avec son venin mortel. Ses victimes se caractérisent par leurs chairs tuméfiées, noires d'ecchymoses… »

— Attends, tu répètes. Strangulaquoi ? Conjonction ? Ecchytruc ? Tu pourrais parler plus clairement, s'il te plaît ?

— Facile. J'ai cherché les mots dans le dictionnaire. *Strangulatoire*, ça veut dire en rapport avec la strangulation, et la strangulation, c'est quand on étrangle. *En conjonction*, c'est la même chose que « en même temps ». Et les *ecchymoses*, c'est les bleus sur la peau, bêtement. Autrement dit, le mamba du mal étrangle ses victimes, en plus de leur injecter son venin. Si bien qu'on les retrouve noires de bleus.

Violette se boucha les oreilles.

— Tais-toi ! C'est trop horrible. Aucune envie

de savoir comment est mort l'oncle Monty.

— Mais tu ne comprends pas, reprit Klaus d'une voix douce. Justement, Oncle Monty n'est pas mort de cette façon. Pas du tout.

— Mais le Dr Flocamot dit qu'il avait du venin de mamba du mal dans les veines.

— Possible, mais ce n'est pas le serpent qui le lui a injecté. Si c'était le serpent, Oncle Monty aurait été noir de bleus. À cause de la strangulation. Et souviens-toi comme il était blanc, au contraire.

Violette entrouvrit la bouche mais ne dit rien. Elle revoyait l'oncle Monty tel qu'ils l'avaient découvert. Cireux, le teint blême. Plus pâle que la lune en plein jour, se souvenait-elle d'avoir songé.

— C'est vrai, murmura-t-elle. Mais alors, le venin ?

— Tu te souviens ? L'oncle Monty disait qu'il avait, dans ses fioles, du venin de tous ses spécimens, pour pouvoir les étudier. À mon avis, Stephano a pris du venin et l'a injecté à l'oncle Monty.

— Tu crois ? Quelle horreur...

— Okipi, commenta Prunille, manifestement de l'avis de sa sœur.

— Attends un peu qu'on ait dit ça à Mr Poe, déclara Klaus, soudain sûr de lui. Stephano va pouvoir aller moisir en prison. Fini d'essayer de nous embarquer pour le Pérou ! Fini de nous menacer avec son coutelas ou de nous faire porter sa valise et tout ça !

Violette eut un sursaut, et ses yeux se mirent à briller.

— Valise ! s'écria-t-elle. Sa valise !

— Oui, quoi, sa valise ?

Elle s'apprêtait à répondre lorsqu'on frappa à la porte de la serre.

— Entrez ! lança Violette.

Et, reconnaissant Mr Poe, elle fit signe à Prunille de ne pas mordre.

— Alors, vous trois, un peu calmés ? les héla Mr Poe en les rejoignant. En tout cas, j'espère que vous avez renoncé à cette lubie que Stephano serait le comte Olaf.

— Même s'il n'était pas le comte Olaf, dit Klaus, nous tenons la preuve qu'il pourrait bien être l'assassin de l'oncle Monty.

— Tu ne vas pas recommencer ! soupira Mr Poe, tandis que Violette, discrète, signalait à son frère de se taire. Klaus, mon garçon,

écoute-moi bien, écoute une fois pour toutes :
la mort de ton oncle Montgomery est un accident. Un accident tragique, consternant, mais
un accident et rien d'autre.

Klaus brandit le livre qu'il lisait.

— Mais pendant que vous discutiez, nous,
on a lu des trucs sur les serpents, et on a...

— Sur les serpents ? s'étonna Mr Poe. Après
ce qui est arrivé à votre oncle, j'aurais cru...

— Mais j'ai découvert des choses, insista
Klaus. Par exemple...

— Peu importe ce que tu as découvert sur
les serpents, dit Mr Poe, tirant son mouchoir
de sa poche – et les enfants attendirent, patients,
la fin de sa quinte de toux. Peu importe, reprit
Mr Poe, ce que tu as découvert sur les serpents.
De toute manière, Stephano ignore tout des
serpents ; il nous l'a dit lui-même.

— Sauf que... commença Klaus.

Il se tut net, les yeux sur son aînée. Cette fois,
il avait perçu le signal. Son regard revint sur
Mr Poe mais il n'acheva pas sa phrase.

Mr Poe toussa de nouveau, brièvement, dans
son mouchoir, puis il consulta sa montre.

— Bien. À présent que ce point est réglé, reste

la question de nous répartir dans les voitures. Vous auriez aimé tous les trois, je le sais, découvrir l'intérieur d'une voiture de docteur, mais nous avons longuement délibéré et c'est tout simplement impossible. Vous allez donc descendre en ville dans le quatre-quatre avec Stephano, et pour ma part je vais faire le trajet avec le Dr Flocamot et le défunt professeur. Stephano et le docteur vont décharger les bagages, qui ne feraient qu'encombrer, puis nous nous mettrons en route. Et maintenant, si vous voulez m'excuser, il faut que je passe un coup de fil à la Société d'herpétologie afin d'annoncer la triste nouvelle.

Et, sur un dernier petit accès de toux dans son mouchoir, Mr Poe quitta la pièce.

— Qu'est-ce qui t'a pris de m'empêcher de lui dire ce que j'ai découvert ? demanda Klaus à Violette sitôt qu'il fut hors de portée de voix.

Elle ne répondit pas. Elle regardait, à travers le vitrage, Stephano et le Dr Flocamot descendre entre les haies serpents en direction du quatre-quatre. Puis Stephano ouvrit une portière et, de ses mains raides, le Dr Flocamot attrapa la première valise.

— Dis ! insista Klaus. Pourquoi tu ne voulais pas que j'explique à Mr Poe ce que j'ai découvert ?

Mais Violette n'écoutait pas.

— Quand ils vont revenir nous chercher, dit-elle brusquement, fais-les patienter ici jusqu'à mon retour.

— Pourquoi, tu vas où ? Et je m'y prends comment ?

— En faisant diversion, peu importe, s'impatienta Violette, les yeux sur le Dr Flocamot qui empilait les valises dans l'herbe.

— En faisant diversion ? Tu es bonne, toi ! Et comment, par exemple ?

— Enfin, Klaus ! Avec tout ce que tu as lu, ne va pas me dire que tu manques d'idées !

Klaus réfléchit une seconde.

— Au cours de la guerre de Troie, les Grecs avaient caché des soldats au creux d'un immense cheval en bois. Pour faire diversion, je crois. Mais tu parles, faudrait avoir le temps !

— Alors trouve autre chose, conclut Violette en gagnant la porte sans quitter des yeux, à travers la vitre, l'opération transfert de valises.

À nouveau seuls, Klaus et Prunille observèrent à leur tour la scène qui semblait tant captiver leur sœur.

Bizarre comme la vision des choses varie d'une personne à l'autre. Pour Prunille, ce petit tas de valises signifiait : bonnes choses à mordre. Pour Klaus, il signifiait danger ; sauf trait de génie de dernière minute, ils allaient se retrouver seuls dans le quatre-quatre avec Stephano. Mais pour Violette, à l'évidence, ce tas de bagages signifiait encore autre chose. Son regard rivé dessus, tandis qu'elle quittait la grande serre, disait clairement qu'elle avait une idée en tête, mais laquelle ? Et sur quoi louchait-elle, au juste ? Sa valise à elle, marron clair ? La beige qui contenait les affaires de Klaus ? La valisette grise de Prunille ? Ou bien la grosse valise noire, avec le cadenas chromé, qui appartenait à Stephano ?

Chapitre X

Sans doute vous a-t-on raconté, quand vous étiez petit, l'histoire du nigaud qui criait : « Au loup ! »

C'est l'histoire d'un nigaud qui s'amuse à crier « Au loup ! » même quand il n'y a pas la queue d'un loup en vue. Les villageois se ruent à son secours, et le nigaud trouve follement drôle de les voir accourir pour rien. Un jour, le malheureux crie « Au loup ! » pour de bon ; et, cette fois-là, personne ne vient. Le nigaud est mangé et l'histoire terminée, Dieu merci.

En bonne logique, la morale de l'histoire devrait être : « Évitez de vivre dans un pays

où les loups se baladent en liberté. » Mais parions qu'on vous a donné pour morale : « Il ne faut jamais, jamais faire semblant d'être en danger. » Ce qui est une morale discutable. D'abord, faire un peu semblant n'a jamais tué personne ; deuxièmement, il peut arriver que faire semblant vous sauve la vie. C'est rare, mais ce fut le cas ici. Son aînée à peine ressortie, Prunille courut à quatre pattes jusqu'à la cage de la vipère mort-sûre, elle fit sauter le crochet qui la fermait et se mit à hurler de toutes ses forces, alors qu'il n'y avait pas l'ombre d'un loup alentour.

Une autre histoire de loup – que vous connaissez sûrement – me paraît tout aussi discutable. C'est celle du Petit Chaperon rouge, cette gamine sans aucun respect pour la dignité de l'animal sauvage. Bref, vous vous souvenez que le loup, après avoir dévoré la grand-mère, enfile sa chemise de nuit et se fourre dans son lit. C'est ce passage-là qui ne tient pas debout : comment imaginer que le Chaperon rouge, même sans être très futée, prenne pour sa mère-grand un loup en chemise de nuit ? Quand on connaît quelqu'un, grand-mère ou petite sœur, on sait d'emblée faire la différence entre le vrai et le faux. Aussi, lorsque Prunille se mit à hurler à pleins poumons, ni Klaus ni Violette ne crurent une seconde à ces cris.

« Voilà des cris archi-faux », songea Klaus, de l'autre bout du Laboratoire aux serpents.

« Voilà des cris archi-faux », songea Violette, du haut des escaliers menant à sa chambre.

Mais dans la cuisine, où il téléphonait, Mr Poe faillit sauter au plafond. « Dieu du ciel ! Une nouvelle tragédie ! » Et à son correspondant il dit :

— Désolé, il faut que je vous quitte.

Il raccrocha vite fait et courut à toutes jambes en direction du drame.

— Juste ciel ! Que se passe-t-il ? demanda-t-il au passage à Stephano et au docteur qui rentraient justement, leur déchargement achevé. J'entends hurler dans le Laboratoire aux serpents.

— Parions que ce n'est rien, assura Stephano.

— Je sais où sont les enfants, assura le Dr Flocamot.

— Nous n'avons pas besoin d'une nouvelle tragédie ! se lamentait d'avance Mr Poe, fonçant vers la grande serre. Les enfants ? houhou ! les enfants !

— Ici ! répondit Klaus. Vite !

Il appelait d'une grosse voix rauque, et quiconque ne le connaissait pas l'aurait cru terrorisé. Mais nous, qui commençons à le connaître, savons que Klaus, en cas de frayeur, n'avait plus qu'un filet de voix aigrelet, comme lorsqu'il avait découvert le corps sans vie de l'oncle Monty. Dans le cas présent, ce qui lui valait cette voix grave, c'était de se retenir de rire. Et il faisait bien de se retenir ! Pouffer aurait sans doute tout gâché.

Renversée à même le carrelage, Prunille agitait bras et jambes comme une coccinelle sur le dos. La bouche béante, elle s'époumonait, montrant ses quatre petites dents carrées, et c'étaient ces hurlements qui donnaient le fou rire à Klaus. Sa jeune sœur faisait de son mieux pour avoir l'air terrorisé et l'effet était assez réussi, du moins pour qui ne connaissait pas Prunille. Mais Klaus, qui connaissait Prunille, savait qu'en réalité, lorsqu'elle avait vraiment peur, elle n'émettait pas un son – comme, par exemple, quand Stephano avait fait mine de lui trancher un orteil.

Aux yeux du spectateur innocent, Prunille semblait morte de terreur, et il faut avouer qu'il

y avait de quoi : autour de son petit corps s'en-
roulait un gros serpent noir, plus noir qu'un ruban
de réglisse, plus gros qu'un tuyau de gouttière.
Il dévorait Prunille de ses yeux vert fluo et ouvrait
les mâchoires, ses crochets prêts à frapper.

— La mégavipère ! hurla Klaus. La vipère
mort-sûre du Bengale ! Ooooh ! Non ! Non !
Prunille, Prunille !

Alors Prunille ouvrit la bouche plus encore,
pour crier deux fois plus fort. Le Dr Flocamot
ouvrit la bouche aussi, et Klaus vit ses lèvres
s'agiter, mais aucun son ne sortit. Quant à
Stephano, pour qui Prunille n'était guère plus
qu'un papillon de mite, il avait tout de même
l'air un peu saisi. Mais la réaction la plus vive
fut celle de Mr Poe, qui paniqua proprement.

Il existe, en gros, deux façons de paniquer :
certains restent cloués sur place, incapables de
produire un son ; d'autres se mettent à sauter
comme des puces et à débiter des paroles sans suite.
Mr Poe était du genre puce. Jamais Klaus n'avait
vu le banquier se mouvoir avec tant d'agilité, jamais
il ne l'avait entendu s'exprimer à pareil débit.

— Dieu du ciel ! criait le pauvre homme
d'une voix flûtée. Miséricorde ! Par Allah ! Ne

la touchez pas ! Délivrez-la ! Éloignez-vous ! Ne bougez pas ! Tuez ce serpent ! Que personne n'y touche ! Donnez-lui à manger ! Attrapez-le ! Serpent, par ici ! Par ici, petit ! Petit, petit !

La vipère mort-sûre du Bengale, ses beaux yeux câlins sur Prunille, semblait écouter patiemment. Mais lorsque Mr Poe se tut, le temps de tousser dans son mouchoir, elle arqua le cou avec élégance et mordit la petite au menton, exactement comme elle l'avait fait lors de leur première rencontre.

Klaus se mordilla les lèvres, le Dr Flocamot fit « Oups ! », Stephano écarquilla les yeux et Mr Poe se mit à bondir de plus belle.

— Il l'a piquée ! Il l'a mordue ! Il l'a envenimée ! Vite ! Il faut faire quelque chose ! Pas de panique, surtout ! Appelez une ambulance ! Appelez la police ! Appelez... Appelez ma femme ! C'est horrible ! Calamitable ! Abomineux !

— Bah ! pas de quoi s'affoler, laissa tomber Stephano.

— Comment ça, pas de quoi s'affoler ? Cette petite vient d'être mordue par... comment dis-tu que s'appelle ce serpent, Klaus ?

— La vipère mort-sûre du Bengale.

— Vi... père mort-sûre du Bengale ? Et vous dites qu'il n'y a pas de quoi s'affoler ?

— Absolument, soutint Stephano. Pour la bonne raison que ce serpent est tout ce qu'il y a de plus inoffensif. Calmez-vous, Poe, calmez-vous. Ce nom de « vipère mort-sûre » est une blague. Une petite plaisanterie du professeur Montgomery, qui a baptisé ce serpent.

— Vous... vous êtes sûr ? demanda Mr Poe.

Sa voix redescendait un peu, signe qu'il commençait à se calmer.

— Évidemment que j'en suis sûr, affirma Stephano.

Et, sur ses traits, Klaus reconnut cet air de vanité pure si typique du comte Olaf : la mine de celui qui s'estime très au-dessus du commun des mortels.

— Ce serpent ne ferait pas de mal à une mouche, poursuivit Stephano avec un sourire supérieur. Au contraire, il est joueur comme un chiot. J'ai lu tout ce qu'a écrit le professeur sur cette pseudo-vipère, en plus d'une foule d'informations sur quantité d'autres serpents.

Le Dr Flocamot s'éclaircit la voix.

— Euh, patr...

— Laissez-moi parler, docteur, coupa Stephano. J'ai lu pour ainsi dire toute la littérature sur les principales espèces. J'ai étudié les planches illustrées, les tableaux récapitulatifs. J'ai pris des notes, j'ai veillé tard le soir pour m'instruire. Ce qui m'a permis de devenir, ma modestie dût-elle en souffrir, un véritable spécialiste des serpents.

— Aha ! cria Prunille, se désentortillant de la mégavipère.

— Prunille ! s'écria Mr Poe. Tu n'as rien ! Pas une égratignure !

— Aha ! répéta Prunille, les yeux sur Stephano.

La vipère mort-sûre du Bengale cligna doucement de ses yeux verts.

Mr Poe se tourna vers Klaus.

— Aha ? Qu'est-ce qu'elle veut dire par *Aha* ?

Klaus poussa un soupir appuyé. Il faudrait donc toujours tout expliquer à ce pauvre Mr Poe ? Il répondit d'un ton patient :

— Par *Aha*, Prunille veut dire : « Hé ! vous avez remarqué ? Stephano prétendait ne rien y connaître aux serpents, et maintenant il se vante d'être un expert ! » Par *Aha*, elle veut dire : « Écoutez ça ! Stephano est un grand menteur ! » Par *Aha*, elle veut dire : « Tiens, tiens ! » Par *Aha*, elle veut dire : Aha !

Chapitre XI

Pendant ce temps, dans sa chambre, Violette cherchait désespérément quelque chose. Tout le problème était qu'elle ne savait pas quoi.

Elle avait noué ses cheveux d'un ruban, pour bien dégager ses yeux. C'était le signe, nous le savons, qu'elle voulait réfléchir à son aise. Or il y avait urgence : il fallait inventer quelque chose, et vite.

La valise de Stephano. Quand Klaus avait parlé de cette valise, un voyant s'était allumé dans la tête de Violette. Oui, s'il existait des preuves de la duplicité de Stephano, ces preuves ne pouvaient se trouver que dans cette damnée valise.

Fort bien, mais comment ouvrir celle-ci ? Elle était fermée d'un cadenas !

Ici, je vous dois un aveu. Si je m'étais trouvé à la place de Violette (et non sur le yacht de mon ami Bela, en train de rédiger ce chapitre), je crois que j'aurais renoncé. Ouvrir une valise cadenassée en moins de dix minutes chrono ? Non, je me serais roulé par terre, en injuriant ce bas-monde où les choses vont si souvent de travers.

Par bonheur pour les enfants Baudelaire, Violette était d'une autre trempe. Elle parcourut sa chambre d'un regard résolu, à la recherche d'un objet pouvant se révéler utile. À vrai dire, l'endroit manquait de fournitures pour inventeur sérieux. Pinces, tournevis et autres alliés du bricoleur logeaient dans le Laboratoire aux serpents, sous l'établi de l'oncle Monty.

Le regard de Violette glissa sur le papier punaisé au mur, sur l'unique croquis qu'elle avait trouvé le temps d'ébaucher, puis sur le lampadaire grâce auquel elle avait travaillé, le premier soir...

Alors ses yeux tombèrent sur la prise électrique, et une idée germa dans sa tête.

Nous savons tous, bien sûr, qu'il ne faut

jamais, jamais, jamais, jamais, jamais, jamais,
jamais, jamais, jamais, jamais, jamais, jamais,
jamais, jamais, jamais, jamais, jamais, jamais,
jamais, jamais, jamais, jamais, jamais, jamais,
jamais, jamais, jamais, jamais, jamais, jamais,
jamais, jamais, jamais, jamais, jamais, jamais,
jamais, jamais, jamais, jamais, jamais, jamais,
jamais, jamais, jamais, jamais, jamais, jamais,
jamais, jamais, jamais, jamais, jamais, jamais,
jamais, jamais, jamais, jamais, jamais, jamais,
jamais, jamais, jamais, jamais, jamais, jamais,
jamais, jamais, jamais, jamais, jamais, jamais,
jamais, jamais, jamais, jamais, jamais, jamais,
jamais, jamais, jamais, jamais, jamais, jamais,
jamais, jamais, jamais, jamais, jamais, jamais,
jamais, jamais, jamais, jamais, jamais, jamais,
jamais, jamais, jamais, jamais, jamais, jamais,
jamais, jamais, jamais, jamais, jamais, jamais,
jamais, jamais, jamais, jamais, jamais, jamais,
jamais, jamais, jamais, jamais, jamais, jamais,
jamais, jamais, jamais, jamais, jamais, jamais,
jamais, jamais, jamais, jamais, jamais, jamais,
jamais, jamais, jamais, jamais, jamais, jamais,
jamais, jamais, jamais, jamais, jamais, jamais,
jamais, jamais, jamais, jamais, jamais, jamais,

jamais, au grand jamais, jouer avec l'électricité. Jamais. Pour une raison bien simple : on risque de se faire électrocuter, ce qui est non seulement mortel, mais de surcroît détestable. Les seules personnes au monde qui puissent s'autoriser ce genre de manipulation sont les électriciens de métier, et – par exception – Violette Baudelaire. Et encore, même Violette Baudelaire retint son souffle et fit très très attention en débranchant le lampadaire.

Ensuite, priant tout bas Klaus et Prunille de retenir les adultes encore un moment, elle se hâta de démonter la prise – celle du lampadaire, pas la prise murale, si bien qu'elle ne risquait plus l'électrocution. À force de tirailler sur les broches, elle finit par les extirper du boîtier. Elle avait à présent deux petites longueurs de métal, un peu courtes pour ce qu'elle voulait en faire, mais il lui faudrait s'en contenter. Puis elle arracha du mur une punaise, laissant le papier s'enrouler mollement sur lui-même, et, s'aidant de la pointe, s'efforça de tordre les broches de manière à les crocheter l'une dans l'autre. Cela fait, elle enfonça la punaise entre les deux parties, laissant saillir la pointe. Le résultat était un petit tortillon de métal auquel nul n'aurait prêté attention s'il avait traîné sur le trottoir, et pourtant il s'agissait là, sous une forme rudimentaire, d'un outil très prisé de certains : un rossignol, ni plus ni moins.

Un rossignol, lorsqu'il ne chante pas et n'est pas non plus une marchandise invendable, c'est une sorte de passe-partout avec lequel crocheter les serrures dont on n'a pas la clé. Les rossignols de cette espèce font le bonheur des cambrioleurs et des détenus en mal d'évasion, mais pour une fois l'un d'eux était entre des mains honnêtes : celles de Violette Baudelaire.

Son rossignol dans la paume (et tous les doigts de l'autre main croisés), Violette redescendit sans bruit. Sur la pointe des pieds, elle passa devant la grande porte du Laboratoire aux serpents et se coula dehors, priant le ciel pour que son absence reste inaperçue encore un moment. Sans un regard pour la voiture du Dr Flocamot, dans laquelle on devinait la silhouette de l'oncle Monty, elle marcha droit vers le tas de bagages.

Les premières valises étaient celles des enfants Baudelaire, et Violette connaissait leur contenu :

d'horribles vêtements achetés par Mrs Poe, tous de couleur hideuse, et qui grattaient horriblement. L'espace d'une seconde, à la vue de ces valises, Violette se prit à songer à sa vie d'avant l'incendie, sa vie heureuse avec voyages et vacances, et il lui fallut un gros effort pour se concentrer sur la mission en cours.

Elle s'agenouilla devant la valise de Stephano, saisit le cadenas chromé, respira un grand coup et enfonça son rossignol dans le trou de la serrure.

L'outil pénétra sans résistance mais, lorsqu'elle voulut le faire tourner, il se contenta de crisser. Bon. Il allait falloir y aller doucement, ou cela ne marcherait jamais. Violette ressortit son rossignol et le suça pour l'humecter ; la saveur acidulée du métal lui arracha une grimace. Elle l'enfonça de nouveau dans la serrure. Il se tortilla un peu, puis se bloqua.

Violette retira son crochet de la serrure et réfléchit avec fièvre. Elle renoua le ruban dans ses cheveux. C'est alors qu'elle éprouva une sensation familière, comme un chatouillis dans la nuque : la sensation d'être épiée.

Elle jeta un coup d'œil en arrière ; rien d'autre que les haies serpents. Un coup d'œil sur la gauche ; rien d'autre que le chemin qui descendait vers la route des Pouillasses. Un coup d'œil sur la droite ; rien d'autre que la maison, et la grande serre attenante.

Rien d'autre ? Si. L'intérieur du Laboratoire aux serpents ! Violette n'y avait jamais songé mais, presque aussi clairement qu'on pouvait voir le dehors du dedans, on pouvait voir le dedans du dehors ! Par exemple, à l'instant même, à travers les rangs de cages, Violette avait vue sur Mr Poe qui sautait comme une puce. Vous et moi savons, bien sûr, que Mr Poe était aux cent coups à la vue de la mégavipère entortillée autour de Prunille. Mais pour Violette, c'était bon signe ; Klaus et Prunille avaient encore la situation bien en main. Et cette sensation d'être épiée, alors ? Violette regarda mieux et comprit : un peu à droite de Mr Poe, Stephano avait les yeux braqués sur elle.

Elle eut un choc. D'une seconde à l'autre, il allait inventer un prétexte pour foncer dehors. Et elle n'avait toujours pas ouvert cette valise ! Et cet idiot de rossignol qui refusait de fonctionner !

Alors ses yeux tombèrent sur ses mains, noircies par ses travaux de serrurier, des mains qui auraient bien mérité un passage au lavabo.

Et, d'un coup, une idée lui vint.

Elle sauta sur ses pieds. Comme une flèche elle regagna la maison, se rua dans la cuisine. Renversant une chaise dans sa hâte, elle saisit le savon de l'évier et en frotta son rossignol, jusqu'à l'enrober d'une épaisse couche glissante. Le cœur tambourinant, elle ressortit en trombe, non sans un coup d'œil vers le Laboratoire aux serpents. Stephano y était encore, en train d'expliquer quelque chose à Mr Poe (en train de se vanter d'être un expert en serpents, mais Violette n'avait aucun moyen de le savoir).

D'un bond, elle regagna la valise noire, s'agenouilla dans l'herbe et introduisit derechef son rossignol dans la serrure. Cette fois, il effectua un tour complet – et se cassa net en deux ! Violette se retrouva avec une moitié de rossignol en main, l'autre resta plantée dans la serrure comme un vieux chicot. Fichu.

Au désespoir, Violette ferma les yeux. Puis elle voulut se redresser et prit appui sur la valise. Alors, à sa stupeur, le cadenas sauta de lui-même. La valise bascula, s'ouvrit comme une huître et répandit son contenu dans l'herbe.

Saisie, Violette recula d'un pas. Le rossignol, durant son tour complet, avait dû déverrouiller le cadenas ! Même les plus malchanceux ont leurs instants de veine inouïe.

Trouver une aiguille dans une meule de foin, comme chacun sait, relève du miracle. La raison en est qu'une meule de foin contient des tas de choses, et que l'aiguille n'est que l'une d'elles. En revanche, si l'on cherche seulement quelque chose dans une meule de foin, quelque chose de non précisé, autrement dit n'importe quoi, on a toutes les chances de trouver. On trouve de tout, dans une meule de foin – en plus du foin, naturellement : des insectes, des petits cailloux, des outils perdus, voire un vagabond endormi, une poule qui couve. Lorsque Violette, sans perdre une seconde, se mit à farfouiller dans le fatras, c'était un peu comme si elle cherchait n'importe quoi dans une meule de foin, puisqu'elle ne savait pas ce qu'elle espérait trouver. Il lui fut donc aisé de repérer divers objets du plus haut intérêt : une fiole de verre avec bouchon hermétique, comme on en trouve dans les Laboratoires ; une seringue avec son aiguille, de celles dont on fait les piqûres ; une petite liasse de papiers ; une carte avec tampon officiel ; un nécessaire de maquillage avec poudre et fond de teint ; et un petit miroir à main.

Quelques secondes suffirent à Violette pour extraire ses trouvailles du fouillis de linge sale déversé, en compagnie d'une bouteille de vin. Ces objets, elle n'eut pas à les examiner longtemps ; déjà, dans sa tête, le puzzle se mettait en place. Alors son visage s'éclaira. Pour elle, c'était aussi beau que les rouages d'une machine bien huilée.

Chapitre XII

Pendant ce temps-là (bon, j'en fais serment, c'est la dernière fois que j'écris « pendant ce temps-là », du moins dans ce livre), pendant ce temps-là, donc, dans le Laboratoire aux serpents, Klaus venait d'expliquer à Mr Poe ce que Prunille entendait par *Aha*.

À présent, tous les regards étaient tournés vers Stephano.

Prunille avait l'air très fière d'elle.

Klaus avait l'air intraitable.

Mr Poe avait l'air furieux.

Le Dr Flocamot avait l'air soucieux.

On aurait peine à dire de quoi la mégavipère

avait l'air, ses jeux d'expression étant difficiles à interpréter.

Mais, pour ce qui est de Stephano, il avait l'air d'hésiter. Allait-il abattre ses cartes – c'est-à-dire, avouer tout cru que oui, il était bien le comte Olaf, et oui, il avait de noires intentions ? Ou pratiquer la fuite en avant – c'est-à-dire, mentir, mentir, mentir toujours plus ?

— Stephano, commença Mr Poe, et il toussa dans son mouchoir, laissant Klaus et Prunille pendus à ses lèvres, comme on dit en pareil cas. Stephano, expliquez-vous. Vous venez de nous dire que vous êtes expert en serpents. Or, précédemment, par deux fois, vous nous aviez assuré tout ignorer des serpents, ce qui prouvait, selon vous, que vous n'étiez pour rien dans la mort du professeur Montgomery. Pourrions-nous avoir des éclaircissements, je vous prie ?

Stephano grimaça un sourire.

— Si j'ai dit que j'ignorais tout des serpents, c'était par modestie, voyez-vous. Modestie pure. Et maintenant, si vous voulez bien m'excuser, je vous laisse, il faut qu...

— Modestie pure ! explosa Klaus. Pur mensonge, oui, plutôt ! Et en ce moment aussi, vous mentez ! Vous êtes un menteur. Et un assassin !

Stephano ouvrit de grands yeux, noirs de fureur contenue.

— Calomnies ! Tu n'as aucune preuve, espèce de petit...

— Si ! nous avons des preuves, dit une voix depuis la porte.

Chacun se retourna. Violette était là, le sourire aux lèvres, les mains pleines d'un curieux bric-à-brac. D'un pas résolu, elle traversa la grande serre pour gagner la table où s'empilaient encore les ouvrages lus par Klaus, ceux où il était question de mamba du mal. Le groupe la suivit. En silence, Violette aligna son butin sur la table : fiole de verre, seringue avec aiguille, petite liasse de papiers, boîtier de maquillage et miroir à main.

— C'est quoi, tout ça ? s'enquit Mr Poe.

— Des pièces à conviction, répondit Violette. Trouvées dans la valise de Stephano.

— Dans ma valise ? rugit Stephano. Dans mes affaires à moi ? Tout ça est strictement privé, que je sache ! Tu n'as aucun droit d'y fourrer le nez. C'est illégal, d'autant qu'elle était fermée à clé.

— Sauf qu'il y avait urgence, plaida Violette. Alors j'ai crocheté la serrure.

— Tu... Mais comment ? s'étonna Mr Poe. Une jeune fille bien élevée ne sait pas faire ces choses-là.

— Ma sœur est bien élevée, dit Klaus. Ça ne l'empêche pas de savoir faire ces choses-là et des tonnes d'autres.

— Roufic ! approuva Prunille.

— Bien, dit Mr Poe. Nous en reparlerons. Pour le moment, Violette, continue.

— Quand l'oncle Monty a été retrouvé mort, reprit Violette, nous avons tout de suite eu des soupçons.

— Des soupçons ! s'emballa Klaus. C'était bien plus que des soupçons ! Les soupçons, ça veut dire qu'on doute. Moi, je le savais, que Stéphano l'avait tué. J'en aurais mis ma main à couper.

— Sornettes ! contredit le Dr Flocamot. Comme je vous l'ai dit, la mort du professeur Montgomery Montgomery est un accident, sans aucun doute possible. Le mamba du mal s'est évadé de sa cage et l'a mordu, là s'arrête toute l'affaire.

— Je vous demande bien pardon, dit Violette, mais l'affaire ne s'arrête pas là du tout.

Klaus a lu des tas de choses sur le mamba du mal, et notamment sa façon de tuer ses victimes.

Klaus alla se planter derrière la table et ouvrit le premier ouvrage sur la pile. Il y avait glissé un petit marque-page et retrouva sans peine le passage qu'il cherchait.

— « Le mamba du mal, lut-il à nouveau d'une voix claire, est l'un des serpents les plus redoutés de tout l'hémisphère Sud, réputé pour son étreinte strangulatoire, qu'il utilise en conjonction avec son venin mortel. Ses victimes se caractérisent par leurs chairs tuméfiées, noires d'ecchymoses... » (Il reposa le livre, se tourna vers Mr Poe.) *Étreinte strangulatoire* signifie...

— On le sait, glapit Stephano, ce que *strangulatoire* signifie !

— En ce cas, reprit Klaus inébranlable, vous savez aussi que le mamba du mal ne peut pas avoir tué l'oncle Monty. Notre oncle n'avait pas les chairs tuméfiées, noires d'ecchymoses. Au contraire, il était pâle comme de la bougie.

— Très juste, dit Mr Poe. Mais il ne s'ensuit pas qu'il a été assassiné.

— Absolument, renchérit le Dr Flocamot. Peut-être que, pour une fois, le mamba du mal n'était pas d'humeur à étrangler sa victime ?

— Je dirais plutôt que l'oncle Monty a été tué avec les armes que voici, reprit Violette en brandissant la seringue et la fiole à bouchon de caoutchouc. Regardez l'étiquette : *Venin de mamba du mal*. Et la fiole vient visiblement de la collection d'échantillons de l'oncle Monty. Stephano a injecté ce venin à l'oncle Monty, et il a fait un deuxième petit trou à côté, pour faire croire à une morsure de serpent.

— Et quoi encore ? gronda Stephano. Je l'aimais bien, moi, ce brave professeur ! Et qu'est-ce que j'aurais gagné à le tuer ?

Parfois, lorsque quelqu'un dit une énormité, le mieux est de feindre de n'avoir rien entendu.

— Le jour de mes dix-huit ans, rappela Violette, la fortune Baudelaire sera à mon nom, pour nous trois. Et Stephano aimerait bien l'empocher, cette fortune. Ce serait plus facile pour lui de trafiquer ses petites combines dans quelque trou perdu, par exemple au milieu de la jungle du Pérou. (Elle leva bien haut la liasse de papiers.) Voici les billets d'embarquement sur le *Prospero*, qui lève l'ancre à Port-Brumaille tout à l'heure. Voilà où Stephano nous emmenait quand nous sommes tombés sur vous, Mr Poe.

— Mais l'oncle Monty avait déchiré le billet de Stephano, objecta Klaus. Je l'avais vu faire.

— Exact, dit Violette. Raison de plus pour écarter l'oncle Monty de son chemin. Il a... (Un bref instant, la voix lui manqua.) Il a assassiné l'oncle Monty et lui a dérobé la carte que voici, sa carte de membre honoraire de la Société d'herpétologie. Stephano avait l'intention de se faire passer pour l'oncle Monty. Commode, pour embarquer avec nous, direction le Pérou !

— Mais je ne comprends pas, dit Mr Poe. Comment Stephano savait-il seulement qu'un jour vous serez tous trois à la tête d'une grosse fortune ?

— Très simple, répondit Violette en se retenant d'éclater. (Pauvre Mr Poe ! Qu'il était donc exaspérant, à la fin !) Tout bêtement, en réalité, Stephano est le comte Olaf. Se raser le crâne et les sourcils, ça n'a jamais rien eu de sorcier. En revanche, pour se débarrasser d'un tatouage, il n'y a pas trente-six solutions. Il y faut du fond de teint, de la poudre et, pour mieux voir ce qu'on fait, un petit miroir à main.

Tout est là ! Combien je parie qu'en frottant un bon coup avec un chiffon, on va faire réapparaître un œil sur la cheville gauche de Stephano ?

— Ridicule ! éclata Stephano.

— C'est ce que nous allons voir, décida Mr Poe. Quelqu'un a un chiffon ?

— Moi, non, dit Klaus.

— Ni moi, dit Violette.

— Gouwil ! dit Prunille.

— Bien, conclut le Dr Flocamot. Si personne n'a de chiffon, voilà qui règle la question.

Mais Mr Poe leva un doigt en l'air. Au soulagement des enfants, il tira de sa poche son mouchoir blanc et dit à Stephano :

— Votre cheville gauche, s'il vous plaît.

— Eh ! Vous avez toussé dedans toute la journée ! Il doit être bourré de microbes !

— Si vous êtes celui qu'assurent les enfants, l'hygiène est le cadet de vos soucis. Faites voir cette cheville, je vous prie.

Stephano, et c'est la dernière fois, grâce au ciel, que nous désignerons le personnage par ce ridicule nom d'emprunt, Stephano laissa échapper un petit feulement de fauve et tira sur sa jambe de pantalon pour dénuder sa cheville.

Mr Poe, un genou en terre, se mit en devoir de frotter.

Au début, il n'y eut strictement rien à voir. Puis, tel le soleil trouant la nuée, le vague contour d'un œil commença à se dessiner. Peu à peu il se fit plus net, plus sombre, et bientôt apparut l'œil noir qui avait tant frappé les enfants, lors de leur arrivée chez le comte Olaf.

Fascinés, les enfants Baudelaire contemplaient cet œil qui leur répondait d'un regard fixe. Pour la première fois de leur vie, ils étaient heureux de le voir.

Chapitre XIII

Si ce livre était écrit pour le plaisir des petits, on imagine aisément la suite. Le scélérat démasqué et ses noirs projets révélés, la police aurait tôt fait d'accourir et de jeter le malfrat en prison, où il moisirait jusqu'à la fin de ses jours. Les courageux héros du récit fêteraient leur victoire autour d'un gros gâteau et vivraient heureux à jamais.

Mais ce livre raconte l'histoire des orphelins Baudelaire et, pour eux, les chances d'une fin heureuse sont à peu près les mêmes que celles de voir l'oncle Monty revenir à la vie.

Pourtant, lorsque l'œil tatoué réapparut sur cette cheville, il sembla

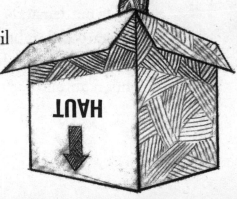

HAUT

aux enfants Baudelaire qu'un peu de l'oncle Monty revenait bel et bien à la vie. Au moins, en prouvant la félonie du comte Olaf, ils prouvaient que l'oncle Monty n'était pas mort par étourderie, des suites d'une imprudence de sa part. À leur manière, ils lui rendaient justice.

— C'est bien l'œil tatoué, pas de problème, constata Mr Poe en cessant de frotter. Vous êtes le comte Olaf, absolument ! Et je vous déclare absolument en état d'arrestation.

— Et moi, je suis absolument choqué, déclara le Dr Flocamot en se prenant la tête dans ses grandes mains raides.

— Moi aussi, absolument, assura Mr Poe, empoignant le comte Olaf par le bras, pour le cas où il aurait tenté de fuir. Violette, Klaus et Prunille, vous avez toutes mes excuses. J'aurais dû vous croire sur parole. Mais c'était tellement impensable, cette idée qu'il vienne vous chercher ici, déguisé en garçon de laboratoire !

Klaus eut une arrière-pensée.

— Je me demande ce qui est arrivé à Gustav, le vrai garçon de laboratoire de l'oncle Monty ? Sans la démission de Gustav, jamais Oncle Monty n'aurait recruté le comte Olaf.

Jusqu'alors, depuis la réapparition de l'œil sur sa cheville, le comte Olaf n'avait pas pipé mot. Son regard étincelant voletait de l'un à l'autre, on aurait dit le lion observant un troupeau d'antilopes pour repérer la proie la plus facile. La mention de Gustav le tira de son silence.

— Gustav n'a pas démissionné, dit-il de sa voix sifflante. Gustav a bu son dernier bouillon ! Un jour qu'il herborisait près du marécage, je l'ai poussé dans la vase de Vilpalud. Puis j'ai rédigé de ma main sa lettre de démission.

Il regardait les enfants comme s'il s'apprêtait à bondir pour les étrangler illico – mais sans bouger d'un millimètre, ce qui était encore plus effrayant.

— Mais tout cela est broutille, reprit-il entre les dents. Pure broutille à côté de ce que je vous ferai un jour, à vous trois, les orphelins. Vous avez gagné cette manche, mes agneaux, mais la partie n'est pas jouée ! Je reviendrai, oh ! je reviendrai m'occuper de vous et de votre bel héritage.

— Ceci n'est pas un jeu, gibier de potence ! s'indigna Mr Poe. Les dominos sont un jeu, oui ; le water-polo est un jeu. Mais le meurtre est un crime, et vous le paierez cher. Sous les verrous ! À l'instant même, je vous conduis au poste de police... Euh, et zut ! Pas moyen : ma voiture est hors service. Bon, tant pis, je vous y emmène dans le quatre-quatre du professeur Montgomery, et vous, les enfants, vous suivrez avec le Dr Flocamot. Allons ! De cette manière vous verrez l'intérieur d'une voiture de docteur, finalement.

— Il serait plus simple, fit remarquer le Dr Flocamot, que j'emmène Stephano dans ma voiture, et que vous suiviez avec les enfants. N'oubliez pas, le corps du professeur Montgomery est déjà sur ma banquette arrière ; je n'ai donc plus assez de place pour les trois enfants, de toute façon.

— Hmm, fit Mr Poe. Ça m'ennuie bien de décevoir les enfants, après tout ce qu'ils viennent d'endurer. Eux qui tenaient tant à voir l'intérieur d'une voiture de docteur ! Nous pourrions transférer le corps du professeur...

— On s'en fiche, de l'intérieur d'une voiture de docteur ! coupa Violette. C'était une pure invention, de toute manière. Pour éviter de nous retrouver seuls avec Olaf.

— C'est vilain de mentir, les enfants, dit le comte Olaf.

— Vous me semblez mal placé pour donner des leçons de morale aux enfants, Olaf, fit observer Mr Poe, sévère. Bon, d'accord, Dr Flocamot. C'est vous qui le prenez.

Le Dr Flocamot glissa une grande main raide sous l'aisselle du comte Olaf et l'entraîna vers la porte d'entrée. Sur le seuil, il adressa à Mr Poe et aux trois enfants un sourire chafouin et leur dit :

— Faites vos adieux au comte Olaf, les enfants.

— Au revoir, marmonna le comte Olaf.

— Au revoir, marmonna Violette.

— Au revoir, marmonna Klaus.

Mr Poe toussa dans son mouchoir et esquissa un vague geste d'adieu.

Prunille restait bouche close. Violette et Klaus se tournèrent vers elle, surpris de ne pas l'entendre crier « Yago ! » ou « Libu ! », ou toute autre de ses expressions signifiant « au revoir ». La petite fixait le Dr Flocamot avec une rare intensité, et soudain elle bondit, et lui mordit la main.

— Prunille ! protesta Violette.

Elle allait présenter ses excuses lorsqu'elle vit la main du docteur se détacher de son bras et tomber par terre !

Et lorsque Violette regarda là où la main aurait

dû être, elle ne vit ni sang ni blessure, mais un crochet de métal luisant. Le Dr Flocamot aussi regardait ce crochet d'un air choqué, puis ses yeux se tournèrent vers Violette, et il sourit de toutes ses dents jaunes. Le comte Olaf aussi sourit, d'un horrible sourire vengeur.

Moins d'une demi-seconde plus tard, tous deux s'éclipsaient par la porte.

— L'homme aux crochets ! hurla Violette. Ce n'est pas un docteur du tout ! C'est un des sbires du comte Olaf !

Elle se rua vers le devant de la maison. Entre les haies serpents, les deux bandits détalaient comme des lièvres.

— Rattrapons-les ! cria Klaus, et les enfants s'élancèrent.

Mais Mr Poe leur barra le passage.

— Non, les enfants ! Surtout pas.

— Mais c'est l'homme aux crochets ! s'égosillait Violette. Ils sont en train de filer !

— Homme aux crochets ou pas, il est hors de question de vous laisser les prendre en chasse. Ce sont de dangereux criminels. Je suis responsable de votre sécurité. Jamais je ne vous laisserai courir pareil danger.

— En ce cas, rattrapez-les, vous ! cria Klaus. Vite !

Mr Poe esquissa un pas vers la porte, mais s'arrêta aussitôt. Un ronflement de moteur qui démarre s'élevait déjà dans l'allée, assorti d'un double claquement de portière. Les deux voyous prenaient le large dans la voiture du Dr Flocamot.

— Le quatre-quatre ! hurla Violette. Vite ! Suivons-les !

Mais Mr Poe, loin de s'élancer dehors, se dirigea vers la cuisine.

— La course-poursuite en voiture n'est pas l'affaire des honnêtes gens, c'est le métier de la police. J'appelle le commissariat. Ils vont dresser des barrages routiers.

Alors les enfants perdirent tout espoir. Appeler la police, à quoi bon ? Le temps que Mr Poe explique la situation, le comte Olaf et son complice seraient loin.

Soudain exténués, les trois enfants Baudelaire gagnèrent le pied du grand escalier et s'assirent sur la dernière marche. De la cuisine leur parvenaient des bribes de la conversation de Mr Poe au téléphone. Le jour déclinait. La nuit allait tomber très vite. Bientôt, retrouver le comte Olaf et son complice serait à peu près aussi facile que de retrouver la fameuse aiguille dans sa meule de foin.

Malgré la déception et l'angoisse – une fois de plus, le comte Olaf se baladait dans la nature – les enfants durent s'assoupir, car lorsqu'ils rouvrirent l'œil il faisait nuit noire, et ils étaient tous trois recroquevillés sur la dernière marche de l'escalier.

Quelqu'un avait jeté une couverture sur leurs jambes et, lorsqu'ils s'étirèrent, ils virent trois hommes en bleu de travail sortir du Laboratoire aux serpents, chacun avec une cage sur l'épaule. Derrière eux s'avançait un petit homme ventru, en costume à carreaux verts et rouges. Les voyant éveillés, il s'arrêta devant eux et les salua d'une voix forte :

— Ah ! bonsoir les enfants ! Navré de vous avoir réveillés, mais on est obligés de faire vite.

— Qui êtes-vous ? demanda Violette déconcertée. (Il est toujours déconcertant de s'endormir en plein jour et de s'éveiller en pleine nuit.)

— Et que faites-vous des serpents de l'oncle Monty ? demanda Klaus déconcerté. (Il est toujours déconcertant de découvrir qu'on a dormi sur une marche d'escalier.)

172

— Dicnic ? demanda Prunille déconcertée.
(Il est toujours déconcertant de voir quelqu'un
se promener en costume à carreaux verts
et rouges.)

— Bruce Adams, se présenta l'inconnu. De
la Société d'herpétologie. Votre ami Mr Poe
nous a appelés pour venir enlever les serpents,
puisque ce pauvre professeur Montgomery est
décédé. Enlever les serpents, comprenez bien,
pas les kidnapper, non ; les enlever comme on
enlève de la march...

— On le sait, ce qu'enlever veut dire, coupa
Klaus. Mais vous les emmenez où ? Pour en
faire quoi ?

— Vous êtes les orphelins, c'est ça ? Alors,
voilà. Vous, vous allez être confiés à un autre
parent éloigné – espérons qu'il aura plus de
chance que votre pauvre oncle. Mais les
serpents, comprenez bien, on ne va pas les laisser
là tout seuls ; alors ils vont être donnés. Donnés
à d'autres scientifiques, à des zoos, des maisons
de retraite. Dame, ceux qu'on n'arrivera pas à
placer, il faudra bien les endormir.

— Mais c'est la collection de l'oncle Monty !
protesta Klaus. Il avait mis des années à réunir

ces reptiles ! Vous ne pouvez pas les épar-
piller aux quatre vents !

— Pas moyen de faire autrement, déclara
le nommé Bruce Adams qui s'obstinait à parler
très fort, pour une raison connue de lui seul.

Alors Prunille, bien distinctement, lança de
sa petite voix claire :

— Benga !

Et elle s'élança, à quatre pattes pour aller
plus vite, vers le Laboratoire aux serpents dont
la porte béait.

— Ce que veut dire ma petite sœur, expliqua
Violette, c'est qu'elle est très amie avec l'un des
serpents. Pourrions-nous, s'il vous plaît, en
garder un pour nous – le sien, justement, la
vipère mort-sûre du Bengale ?

— Désolé, pas question. Un, ce monsieur
Poe a dit que tous les serpents étaient à nous.
Et deux, si vous croyez que je vais laisser des
gosses approcher d'une vipère, mort-sûre ou
mort-pas-sûre, jamais de la vie !

— Mais la vipère mort-sûre du Bengale est
inoffensive ! plaida Violette. Son nom est un gag.

— Un quoi ?

— Un gag, expliqua Klaus. Un nom donné

pour rire. C'était l'oncle Monty qui l'avait découverte, c'était donc à lui de lui donner un nom.

— Et dire que ce type-là était réputé brillant !
s'exclama Bruce Adams, tirant un cigare de
sa poche. Moi, baptiser un serpent pour rire, je
ne trouve pas ça spécialement brillant. Bon,
mais vous m'avouerez, aussi, quand on s'appelle Montgomery Montgomery...

— Quoi, quand on s'appelle Montgomery
Montgomery ? riposta Klaus. Hein ? Vous trouvez ça élégant, vous, de rire du nom des gens ?

— Pas le temps de discuter de ce qui est
élégant ou pas élégant, mon gars. Et si la petite
veut faire ses adieux à sa vipère des Carpates,
elle a intérêt à le faire tout de suite. La bestiole
est déjà dehors.

Prunille fit demi-tour et, toujours à quatre
pattes, repartit vers la porte d'entrée. Klaus se
planta devant Bruce Adams.

— Et moi je vais vous dire une chose,
annonça-t-il d'un ton ferme. Si, monsieur, notre
oncle était brillant !

— Parfaitement ! soutint Violette. C'était un
brillant scientifique. Et il le restera dans les
mémoires.

Alors Prunille, à mi-chemin de la porte, se retourna pour clamer :

— Bri-yan !

Et Violette et Klaus sourirent, très fiers. Pour la première fois de sa vie, Prunille venait de prononcer un vrai mot.

Bruce Adams eut un petit haussement d'épaules, puis il alluma son cigare et souffla la fumée en l'air.

— Allons, dit-il, c'est bien que vous soyez de cet avis. Bonne chance à vous, les gosses, où qu'on vous place !

Il jeta un coup d'œil à sa grosse montre et rejoignit les hommes en bleu de travail.

— Accélérez, les gars, pas de temps à perdre ! Dans cinq minutes, faut qu'on soit sur cette route qui pue le gingembre.

— La moutarde, rectifia Violette, mais Bruce Adams avait regagné le Laboratoire aux serpents.

Alors Klaus et elle rattrapèrent Prunille et, la cueillant au passage, ils s'élancèrent vers l'entrée pour aller dire adieu à leurs amis serpents.

Ils n'étaient pas sur le seuil que Mr Poe surgit et leur barra le chemin une fois de plus.

— Ah ! vous voilà réveillés, parfait. Alors

montez vite vous coucher ! Demain, départ au petit jour.

— On voulait juste dire au revoir aux serpents, plaida Klaus.

— Non, vous gêneriez les déménageurs. Sans compter que, vu les circonstances, bien franchement, j'aurais pensé que plus jamais vous ne voudriez voir un serpent.

Les trois enfants serrèrent les dents. Décidément, ce monde était trop bête. C'était trop bête que l'oncle Monty soit mort. Trop bête que le comte Olaf et son complice aient pu s'échapper. Trop bête que ce Bruce Adams ne voie en l'oncle Monty qu'un homme au nom ridicule, au lieu d'un brillant scientifique. Trop bête de supposer qu'aucun d'eux ne voudrait plus jamais voir un serpent. Au contraire, les pensionnaires de l'oncle Monty étaient tout ce qui restait des quelques jours heureux passés chez lui – leurs seuls jours heureux depuis l'incendie qui les avait faits orphelins. À la limite, ils voulaient bien admettre qu'on leur refuse de vivre seuls en compagnie des reptiles ; mais leur refuser des adieux, c'était trop.

Aussi, faisant fi de l'interdit, Violette, Klaus

177

et Prunille sortirent de la maison. Au pied du perron, les déménageurs chargeaient les cages dans un camion portant l'inscription : *Société d'herpétologie*. La lune brillait, une lune toute ronde qui faisait miroiter les parois de la grande serre et la changeait en diamant géant, un diamant au brillant magique.

Lorsque Bruce avait dit « réputé brillant » au sujet de l'oncle Monty, il entendait par là « reconnu pour sa vive intelligence ». Mais, pour les enfants, le mot brillant, tel qu'ils y repensaient à présent, éblouis par les jeux de miroirs du Laboratoire aux serpents, signifiait bien davantage. Il signifiait que l'oncle Monty, par sa chaleur, son humour gentil, brillerait toujours dans leur souvenir, jusque dans les moments sombres. Comme une étoile, comme une petite flamme.

Oui, l'oncle Monty avait brillé pour eux, tout comme avaient brillé les jours passés avec lui. Bruce Adams et la Société d'herpétologie pouvaient bien démanteler sa collection, la disperser, la réduire à néant, personne ne démantèlerait jamais tout le bien que les enfants Baudelaire pensaient de l'oncle Monty.

— Au revoir, toi ! Au revoir, vipère ! crièrent les trois orphelins en regardant la vipère mort-sûre du Bengale se faire charger à bord du camion.

Là-dessus, bien que la vipère eût été l'amie de Prunille avant tout, Klaus et Violette fondirent en larmes avec leur petite sœur. Alors, dans sa grande cage, la vipère mort-sûre du Bengale se tourna vers eux, et ils virent perler comme des larmes au coin de ses yeux verts. Oui, la vipère était brillante, elle aussi, et brillants les yeux des enfants Baudelaire qui la regardaient partir.

— C'était brillant de ta part, chuchota Violette à Klaus, de découvrir qu'en réalité le mamba du mal étranglait ses proies.

— Et toi, c'était brillant de dénicher des pièces à conviction dans la valise de Stephano.

— Bri-yan ! répéta Prunille, et tous deux la serrèrent bien fort contre eux.

Après tout, elle aussi s'était montrée brillante, en détournant l'attention des adultes avec son amie vipère.

— Au revoir ! Au revoir ! lancèrent les brillants enfants Baudelaire aux pensionnaires de l'oncle Monty dans leurs cages.

179

Et tous trois, sous la lune, continuèrent d'agiter le bras en signe d'adieu, même lorsque Bruce Adams referma les portes du camion, même lorsque le véhicule descendit lentement l'allée entre les haies serpents, même lorsqu'il actionna son feu clignotant et tourna route des Pouillasses pour disparaître dans la nuit.

FIN

LEMONY SNICKET est né aux États-Unis, dans une petite ville aux habitants soupçonneux et quelque peu portés sur l'émeute. Il habite aujourd'hui une grande ville. À ses moments perdus, il recueille des témoignages, au point d'être tenu pour un expert en la matière par des autorités compétentes.
Les ouvrages que voici sont les premiers qu'il publie chez HarperCollins.

Rendez-lui visite sur Internet à http://www.harperchildrens.com/lsnicket/
E-mail : lsnicket@harpercollins.com

BRETT HELQUIST est né à Gonado, Arizona, il a grandi à Orem, Utah, et vit aujourd'hui à New York. Il a étudié les beaux-arts à l'université Brigham Young et, depuis, n'a plus cessé d'illustrer. Ses travaux ont paru dans quantité de publications, dont le magazine *Cricket* et le *New York Times*.

ROSE-MARIE VASSALLO a grandi (pas beaucoup) dans les arbres et dans les livres, souvent les deux à la fois. Descendue des arbres – il faut bien devenir adulte ! a choisi d'écrire et de traduire des livres, surtout des livres pour enfants – il faut bien rester enfant ! Signe particulier : grimpe encore aux arbres, mais les choisit désormais à branches basses.

À mon éditeur attentionné

Bien cher éditeur,

Je vous écris depuis les rives du lac Chaudelarmes, où j'examine les vestiges de la maison de tante Agrippine, afin de mieux comprendre ce qui s'est passé lors du séjour des enfants Baudelaire chez cette brave dame.

Mercredi prochain, à seize heures précises, veuillez vous rendre au café Kafka et commander un thé au jasmin au plus grand des serveurs de la salle. Sauf succès de mes adversaires, il vous remettra une enveloppe épaisse, contenant le récit détaillé des tragiques événéments susdits, récit intitulé OURAGAN SUR LE LAC, ainsi qu'un plan de l'île Saumure, un petit sachet d'éclats de verre et le menu du restaurant Le Clown Anxieux. Vous y trouverez également une éprouvette contenant une (1) sangsue de l'espèce Chaudelarmes, destinée à servir de modèle à l'illustrateur. Attention : n'ouvrir cette éprouvette SOUS AUCUN PRÉTEXTE.

N'oubliez pas, vous êtes mon seul espoir : sans vous, jamais le public n'aurait connaissance des aventures et mésaventures des trois orphelins Baudelaire.

Avec mes sentiments respectueux,

Lemony Snicket

Lemony Snicket

Les désastreuses aventures
des orphelins Baudelaire suivent
leur cours déplorable dès le mois
d'octobre 2002 dans le troisième volume :
Ouragan sur le lac

Ouragan sur le lac

Extrait du Tome III

Au sortir d'un dernier virage, le taxi débouchait sur un piton en surplomb, terriblement haut perché. De là, on avait une vue plongeante sur la bourgade en contrebas, avec sa rue pavée qui sinuait comme une queue de rat entre les bâtisses, et le petit rectangle du port où s'affairaient des dockers pas plus gros que des pucerons.

Au-delà s'étalait le lac Chaudelarmes, sombre, immense et biscornu, pareil à de l'encre renversée, pareil à l'ombre d'un géant planté derrière les enfants.

Durant de longues secondes, ils contemplèrent le lac en silence, hypnotisés par cette grande flaque dans le paysage.

— Quel lac mastoc, dit enfin Klaus. Et il a l'air profond, aussi. Pour un peu, je comprendrais que tante Agrippine en ait peur.

— La dame qui habite ici ? s'enquit le chauffeur de taxi. Elle a peur du lac ?

— À ce qu'on nous a dit, répondit Violette.

Le chauffeur coupa son moteur et serra le frein à main, hochant la tête.

— En ce cas, je me demande bien comment elle fait.

— Comment elle fait quoi ? demanda Violette.

— Pour vivre dans un endroit pareil. Mais... vous voulez dire que vous n'avez jamais mis les pieds ici ?

— Non, répondit Klaus. Jamais. Et nous n'avons encore jamais vu notre tante Agrippine.

— Ben vrai, si votre tante Agrippine a peur de l'eau, j'ai peine à croire qu'elle habite cette maison.

— Comment ça ? demanda Klaus.

— Regardez mieux, répondit le chauffeur en descendant de voiture.

Les enfants regardèrent mieux. Il n'y avait là, à première vue, qu'une petite cabane en bois gris, sorte de cube à peine plus grand que le taxi, avec une porte blanche écaillée. Mais lorsque les enfants descendirent à leur tour et qu'ils firent quelques pas en avant, ils découvrirent que le cube n'était qu'une infime partie de la maison bâtie là, sur son piton. Le restant de la construction – un amoncellement de cubes agglutinés comme des glaçons – s'avançait par-dessus l'abrupt, arrimé au piton par de longs pilotis métalliques pareils à des pattes d'araignée. À mieux y regarder – ce que les enfants firent en allongeant le cou –, la bâtisse entière semblait se cramponner à la roche, agrippée de toutes ses forces de peur de plonger dans le vide.

Le chauffeur de taxi sortit les valises du coffre, il les aligna sur le seuil, devant la porte écaillée, puis, sur un petit tut d'adieu, il repartit vers le bas de la rue. Alors, avec un grincement doux, la porte écaillée s'ouvrit sur une dame très pâle à petit chignon gris, haut perché sur son crâne.

— Bonjour, dit la dame avec un sourire filiforme. Je suis votre tante Agrippine.

— Bonjour, dit Violette.

Et elle fit un pas en avant, un petit pas prudent, main tendue vers leur nouvelle tutrice.

Derrière elle, Klaus fit un petit pas, et Prunille, à quatre pattes, fit un petit pas aussi. Ils n'osaient trop s'avancer : et si la maison, sous leur poids, basculait de son perchoir ?

Le chauffeur de taxi n'avait pas tort. Comment pouvait-on, à la fois, redouter le lac Chaudelarmes et vivre dans une maison qui semblait prête, d'une seconde à l'autre, à y plonger tête la première ?

N° projet 10088272 (I) 25 BABT 80° - avril 2002
Imprimé en Italie par Rotolito Lombarda